墟镇回忆录

Memoirs of a Ruined Town

李娟 著

图书在版编目（CIP）数据

墟镇回忆录，李娟著. —— 北京：北京燕山出版社，2019.4

ISBN 978-7-5402-5366-0

Ⅰ.①墟… Ⅱ.①李… Ⅲ.①短篇小说—小说集—中国—当代 Ⅳ.①I247.7

中国版本图书馆 CIP 数据核字 (2019) 第 057808 号

墟镇回忆录

著　　者：	李　娟
责任编辑：	金贝伦
营销编辑：	图苏婷
排版设计：	北京聚贤阁文化发展有限公司
出版发行：	北京燕山出版社有限公司
地　　址：	北京市丰台区东铁营苇子坑路 138 号
邮政编码：	100078
发行电话：	（010）65240430
印　　刷：	北京建宏印刷有限公司
开　　本：	787mm×1092mm　1/32
印　　张：	5.75
字　　数：	120 千字
版　　次：	2019 年 4 月第 1 版
印　　次：	2019 年 4 月第 1 次印刷
书　　号：	ISBN 978-7-5402-5366-0
定　　价：	29.00 元

版权所有　违者必究
如有印刷质量问题，请与印厂联系退换

目 录

沈美菊 / 1

夏　花 / 33

莫莉的婚宴 / 61

被嫌弃的陈阿娣 / 81

阿荷的幸福时光 / 103

前　妻 / 119

青　青 / 137

阿　金 / 145

青　莲 / 151

南方遗事 / 159

后　记 / 171

沈美菊

一

沈美菊是个公认的心里最有算计的厉害女人，用她两个嫂子的话来说：“整个墟镇，再也找不出比我们姑娘更有打算的人了。”

二十出头的沈美菊个子高挑，皮肤雪白，粗黑油亮的两根麻花瓣垂在胸前，平时喜欢穿碎花的布衬衫，尺寸稍微有点小，胸部鼓鼓的像要把扣子撑开。那阵子过了三年困难时期不过七八年光景，家家户户只恨没有东西吃，镇上很少有像沈美菊这么雪白丰硕的姑娘，人人都纳罕说沈家姆妈怎么就能养出这么丰满好看的女儿来。

住在沈家隔壁的好婆婆偷偷跟人说，那是因为沈美菊凶得很，他们家里只要有点好吃的，肯定就被沈美菊抢去吃掉了，从小到大都是这副样子。"你们看看她两个哥哥瘦得跟竹竿一样，就是因为抢不过小的，活活饿瘦的呀。"好婆婆习惯性地把脸凑到人跟前说话,也不顾别人嫌弃的眼光,她颤颤巍巍地叹着气,"唉,做人不凶是不行的呀,凶一点才不会吃亏。"

这些话传到了沈家姆妈的耳朵里。沈家姆妈是个寡妇,一个人带大了三个子女,总觉得自己不容易,走路说话都带着一股气势汹汹的理直气壮。自从听说好婆婆在背后讲沈美菊的坏话后,她不晓得骂了好婆婆多少句"死老太婆""孤老太婆",趁着在河埠头洗衣服,沈家姆妈逢人就替沈美菊辩白:"你们不要听那只孤老太婆乱讲,他们一家子都喜欢嚼舌头讲是非,所以早些年武斗的时候她两个儿子都被人打死了,就是因为嘴巴贱呀!美菊像我娘家这边的人,吸收好,吃什么都长肉,我两个儿子像了他们的短命爹,怎么喂都喂不胖,吃再多好东西都白糟蹋了。"但是不管沈家姆妈为女儿说了多少好话,沈美菊强横霸道的名气是传出去了。

饶是如此,沈美菊长得好看,照样有很多男人想讨她做老婆,来做媒的人踏破了门槛,各个说得天花乱坠。

有一个是替文化站新来的小伙子做介绍的。小伙子叫张理玉,长得眉清目秀,因为家在农村,所以想找个根基牢靠的本镇姑娘。媒人说这个张理玉虽然年纪轻轻,做起家务来却是一把好手,自己住的宿舍收拾得干干净净,洗衣服买菜做饭都不在话下。"你们不知道,"媒人说,"小张是相当会过日子的,他每天睡觉前把长裤脱下来压在枕头底下,第二天穿出去裤腿中间笔直一条线,比烫过的还挺括。人长得又好看,双眼皮,高鼻梁,头发梳得一丝不乱,真正是一表人才！"而且张理玉还有好几项才艺，书法、画画、拉二胡、吹笛子，随便哪样拿起就来，要说有什么美中不足，就是个子稍微矮了一点，跟沈美菊差不多高。"这也没有关系，"媒人对沈家姆妈说，"你们家美菊长得高呀，以后生下来的小孩也不会矮的。主要是小伙子会做家务，又有这么多随身本领，美菊嫁给他，保管一辈子享福。"

沈家姆妈听了心思有点活络，她看看沈美菊，沈美菊手里忙着织她自己的一件红色绒线衫，抿着嘴一声不吭。等媒人走了，沈美菊才跟沈家姆妈说："男人家长得好看有什么用，又不能当饭吃。要是叫花子，拉拉二胡吹个笛子还能讨点钞票用，这种随身本领有没有都一样。他这种工作说得好听点是在文化站上班，其实就是出出黑板报写点豆腐干文章，一点实惠都捞不到。"

第二个说动沈家姆妈的是刚从墟镇小学退休的洪老师，他是特意给在环卫站上班的侄儿来说媒的。"沈家姆妈，你的三个小孩都是我的学生，我是不会乱做介绍的，这点你一定要相信我，我给美菊做的这个媒，包你们满意。"洪老师把干瘪的胸脯拍得咣咣响，打着包票说，"洪亮这个孩子，不是我做大伯的夸他，单是开汽车这一点，整个墟镇有几个人会的？工资又高，又孝顺懂事，家里有什么力气活，叫一声就来，从来不推三阻四，沈家姆妈，你是看着他长大的，到底知根知底，不比那些外来户。"沈家姆妈不由得点头附和："洪亮是挺爽气的，前两天二话不说帮我拉了一车煤饼回来，路上都没有歇脚，脸不红气不喘，身体蛮壮！还跟我

3

说以后有什么力气活只管叫他。"

沈美菊对洪亮倒不讨厌,说起来洪亮还是她大哥的小学同学,他们从小就在一道玩耍,洪亮粗眉大眼,看上去有点凶相,但是向来对她服服帖帖的,经常被她支使着去河里摸螺蛳挖河蚌,后来是她两个哥哥都下乡去了,洪亮才不大好上门来,慢慢就疏远了。洪亮去环卫站上班以后,沈美菊有两次碰到他在路边跟几个男人喝老酒,光着膀子,身上晒得黝黑发亮,五大三粗的样子。沈美菊只作没看见他,眼角的余光瞟过去,总能看到洪亮放下了手里的酒杯,露出几分腼腆。但是真要跟他处对象结婚嘛,沈美菊根本没考虑过,对着滔滔不绝的洪老师,她只轻描淡写地说了一句:"开汽车,也要看他开的是什么车。"她嫌弃洪亮在环卫站开粪车,工资再高也不行,到底活太脏了。事后洪亮一句话没说,见着沈家姆妈仍旧客客气气打招呼,只是听说一直没有找对象,后来花了很大力气总算调到运输队去了。

不是所有被沈美菊回绝的人都像洪亮那么心平气和,住在沈家隔壁的刘峰看起来斯文白净,平时赶着沈家姆妈一口一个"好姆妈",亲热得不得了,但是自从他托人说媒被沈美菊打了回票后,从此遇到沈家的人,就像没看到似的,脖子梗着转向一边,目无表情只管自己走路。对于这门没成的亲事,沈家姆妈觉得十分可惜:"莫名其妙就多了个冤家,真是不划算!"平时闲聊有意无意提起刘家,要说给沈美菊听:"别看他们家老头子瘦不拉几的不起眼,原先是做棺材生意的,实际上刘家在墟镇算起来是有点家底的人家。"沈

沈美菊

美菊不接话茬，等到周围没人了才跟沈家姆妈推心置腹地分析："姆妈你仔细想想，刘家就算有点家底，可家里兄弟姐妹有十个，等到老头子一死，分到每个人手里能有多少？再说了，刘峰排行第五，上有大哥下有小弟，这种夹在中间的儿子肯定是最没花头的，老头子有什么体己宝贝也不会留给他，嫁到刘家，除了多出一堆啰里啰嗦没什么用的亲戚，一点好处都捞不到。"这一番话，沈家姆妈听得一愣一愣的，半天说不出话来，最后憋出一句："你倒是比我算得灵清，我怎么就想不到这些。"没过多久刘家老头子死了，刘家的兄弟姐妹果然为了争老头子留下的一点金器和两间房子闹得不可开交，成了那年镇上最大的笑话。正如沈美菊所预料的，刘峰什么也没争到，他一怒之下和兄弟姐妹断了往来，整天独进独出，有一回他被一辆拖拉机撞破了头，一个人捂着伤口血流满面地坐在路边，一副可怜相，边上围观的人都说："真是罪过，做人做到这个份上，这么多兄弟姐妹，就没一个愿意出来帮他说句话的。"

沈家姆妈庆幸之余，逢人就夸沈美菊："我这个女儿真是聪明，看人就是准！"听的人当然顺着她说："要说精明，美菊认第二，没人敢认第一的，这个女儿真是被你生着了。"哄得沈家姆妈越发高兴，讲起陈年旧事来："我家美菊，从小就晓得为自己打算，小时候带她去菜市场，看到一筐苹果就扑过去，蹭来蹭去，拉都拉不开，打她也不哭，回到家里我才看到，衣裳口袋里老早一只苹果蹭进去了，这么点点小人，真当有心眼。"旁边人笑起来："难怪呢，美菊这么会打算,都是沈家姆妈从小教得好啊。"沈家姆妈眉毛一抬,理直气壮地说:"这个当然,从小我就教她,人要为自己打算,除了自己,谁还会扑心扑肝待你好?"

其实沈美菊心里早就盘算得清清楚楚,来说亲的人当中,她独独看中了张海青。要说体格长相,张海青一点都不出色,个子虽然高,但是瘦,显得背有点驼,脸颊内凹,年纪轻轻嘴边就有两道深纹,看上去十分显老,而且嘴巴也笨,不大讲话,像个木讷的老头子。镇上的人都说沈美菊是挑花了眼,挑来挑去结果选了最差的一个。沈美菊的两个嫂子说:"你们不晓得,天底下的人都加起来,也算不过我们家姑娘。沈美菊哪里会算错呢!"她们一五一十地把沈美菊的算盘摊开来讲给镇上的人听:张海青是寡妇张阿太带大的独子,不用上山下乡去吃苦头,又在供销社上班,管着蔬果收购这摊事,每个月不仅有收入,还从来不愁吃的,张阿太老底子是在镇上的富户孙家做丫头出来的,同主人家有点说不清楚的关系,后来孙家少爷逃到香港去之前,留下不少东西给她,现在张阿太年纪大了,身体也不大好,应该差不多了,等到她一死,整个家还不是沈美菊说什么就是什么,日子不要过得太舒服。

不管别人的闲话说得多么热闹,沈美菊跟张海青认真处起对象来。他们有时候也去街上逛逛,沈美菊穿着紧绷的花布衬衫,抬头挺胸,步履矫健,张海青虽然个子也高,但总是低头勾背,跟在漂亮爽利的沈美菊后头,看着很不搭。镇上的人对沈美菊的如意算盘十分佩服,但是看到两个人走在一起,免不了还是有些议论,有人说沈美菊跟了张海青,活脱是一块又肥又香的红烧羊肉,偏偏被一只瘦皮狗啃了。还有几个老太婆预言:"沈美菊算盘虽然打得精,到底没有过日子的经验,张海青三拳打不出一个屁来,对着他好比对牢一堵墙,做夫妻要有商有量有话说,这日子才过得有滋味,看着吧,沈美菊以后肯定要懊悔的。"

二

沈美菊对闲话向来不以为然,她说:"这些吃饱饭没事就嚼蛆的人,我要把他们说的话当回事,我也不要做人了。"

沈美菊在布店上班,就在花园桥下最热闹的东街。东街的房子都用木头搭建,两层楼,临河,经年累月地被水汽滋润着,木头成了深褐色,近地面处爬着青苔,房子前搭出两三米宽的廊檐,廊檐下面开着杂货店、酱油店、点心店、布店,还有一家糕饼店,专门卖桂花糖年糕、松子糖、栗子糕,不等走近,就能闻到糖和油混杂的香气,又甜又腻。

上早班的日子,沈美菊总要迟到一会儿,到了东街,先去点心店吃一碗热气腾腾的小馄饨,再去糕饼店称几两松子糖,然后才去上班。等她到了店里,几个粗蠢的女人已经合力把门板卸下来,整整齐齐叠放好,看到她来了就假惺惺对着她笑:"美菊,今天倒来得早,馄饨吃过啦?"沈美菊撇着嘴,随手拿起鸡毛掸子扫柜台,回道:"迟来早来还不是一样干活，店里的活哪里做得完。"唯一的男店员小毕抱着一卷布，故意擦着沈美菊的背走过去，被沈美菊"啪"地一巴掌，正中后脖子，女人们笑骂他："你这个轻骨头，就喜欢粘着美菊，哪天不挨她一顿打，就浑身不舒服。"小毕嘻嘻笑着："美菊这一巴掌真重，打得我瞌睡都醒了。"沈美菊不屑跟他打情骂俏，她就手整理着玻璃柜台下一卷一卷的布，蓝白格子的棉布这几天卖得最好，那一卷紫色棉布，摸着柔软，倒是块好料子，就是颜色暗沉沉的，不够喜气，买的人不多，熟人要买的话手可以松一点，多给个几分。

女人们揩柜台洒水扫地，忙得起劲，沈美菊看了觉得好笑，她是绝对不要起早的，特别是在冬天。这里有个缘故，还是在她小时候，一个冬天，她阿爸沈贵生摸黑出门，过了不多久，天刚蒙蒙亮就有人来拍门，"砰砰砰砰"，好像大难临头，让人心惊胆战，门外的人哇啦哇啦喊着："沈家姆妈，快点爬起来，你们家贵生掉到酱油缸里死掉了！"她阿爸在酱油店上班，突然脑子发晕，一头栽进酱油缸里，等到别人发现捞出来已经不行了，整个人被酱油染得墨黑。沈家姆妈那时候还年轻，哭得死去活来，一边哭一边咒骂她死去的老公："短命鬼，叫你多睡一会儿不听我的！"从此以后，沈美菊铁了心要跟她姆妈一样，凡事想开，店里的事做得再好也不是自己的，出工应当，出力就犯不着了，当下她朝那几个婆娘努努嘴，跟要好的小姐妹说："真好笑，一大清早那么起劲，不晓得要做给谁看。"

只有家里的东西有可能是归她的。沈家姆妈手里有多少东西,沈美菊心中雪亮,照理当然是要给两个哥哥的,顶好的情况也要兄妹三个人平分,但是两个嫂子不大像样,要把东西留给她们,她晓得姆妈是有点心不甘情不愿。至于张家,张海青是独子,张阿太的东西迟早都是他们的,这就用不着她多操心了。

过两天沈美菊发工资,她随手就把工资袋交给沈家姆妈。沈家姆妈有点意外:"你的工资自己存起来,给我做啥?"沈美菊说:"这个月你不是要做生日吗?东西我就不买了,这个月钞票都给你用。"正好是吃晚饭的时间,那一带许多人家都把桌子搬到家门口吃饭,贪图黄昏的天光,省点电也好的。沈美菊的这个举动被旁边吃饭的邻居们看在眼里,大家都忍不住啧啧称赞,尤其是好婆婆,自从背后说了沈美菊闲话以后,看到她总是很心虚。好婆婆捧着饭碗走过来,格外卖力地赞叹:"沈家姆妈,到底是女儿跟你亲呀,美菊真懂事,我活到这把年纪,难得看到这么贴心的女儿!"沈家姆妈把工资袋掖进口袋里,大着嗓门说:"这还用你说,我们家美菊不管有什么好东西,第一个肯定想到要孝顺我,前两天老早就叫张海青买了一只蹄髈送过来了,不像两个儿子媳妇,明明知道我生日,屁都没有一个!"

沈家姆妈对好婆婆爱理不理的,沈美菊却搬了一把竹椅给她,叫她一道坐下来。饭桌上有一碗煎带鱼,四指宽的带鱼,也是张海青送来的,沈美菊夹了一块送到她姆妈碗里,一边说起家常闲话来:"姆妈,今天大嫂的小妹子来我们店里了,拿了大嫂给的一张布票来买两尺布,我看她可怜兮兮的,就多剪了一寸给她,这个小妹子长得跟大嫂真像,朝天鼻,眯缝眼,一张脸就好像被拍扁的番薯一样,又白又大又平。她们家呀,说起来也真是穷得滴滴答答,还幸亏我大嫂,下乡了还每个月省几个鸡蛋给娘家,有时候给几张布票粮票的接济接济,她们姐妹四个,除了我大哥老实,肯要她们家的女儿做老婆,底下的三个妹子,依我看都是嫁不出去的货。"

　　沈家姆妈向来不喜欢这个大儿媳妇,家里穷、人长得难看这些不说,还特别爱计较,结婚时沈家少给了女方两斤挂面,这件事就被大儿媳妇唠唠叨叨一直提到今天,等到沈家娶小儿子媳妇时,托人去上海买了一斤大白兔奶糖,结果这个做大嫂的又不高兴了,嘟囔着到处跟人抱怨:"怎么我结婚那天只吃到了两颗什锦硬糖,什么大白兔奶糖,闻都没闻到味道,老太婆就是偏心小儿子。"现在沈美菊刮辣松脆的一番话,引得沈家姆妈不由得来气:"阿琴就是这个脾气,只知道娘家、娘家,我们老大辛辛苦苦存下两块钱,都被她偷偷摸摸送到娘家去了。"

　　旁边有人搭了一句腔:"还好你不止一个儿子,大媳妇不好嘛,还有小儿子媳妇,总有一个靠得牢的。"沈美菊看不过好婆婆碗里只有一点霉干菜,赶着让她尝尝新炒的鸡蛋,又回说:"我二嫂子是要好得多,她蛮实惠的,从来不往娘家送东西,全部吃的穿的用在自己身上。"她二嫂小芳跟她二哥在同一个地方下乡,年纪轻轻,长得有几分姿色,平常和年轻男人嘲戏打闹,也不避忌,虽然日子过得苦,还是讲究打扮、喜欢吃喝,也不知道哪里来的钱。沈家姆妈最听不

沈美菊

得人说这个小儿子媳妇好,她睨了沈美菊一眼,说:"你一个姑娘家,晓得什么,你二哥比你大哥还要老实,哪里管得住老婆。"沈美菊笑笑不响,沈家姆妈自己越想越气:"唉,我两个儿子都没用,管不住媳妇,我想要享儿子的福,等下辈子吧。"好婆婆不失时机地叫起来:"哎呀沈家姆妈,你还有美菊呢。你没听人说过嘛,媳妇媳妇,总归隔了一层肚皮,女儿才是自己养的,所以都说女儿贴心呀。"

沈美菊和张海青定了五月里结婚,办嫁妆的时候沈美菊的两个哥哥一点声响都没有,等到嫁妆办好了,哥哥嫂子都急匆匆赶了回来,因为他们听说沈家姆妈为了沈美菊结婚,家底都兜出去了,脸盆、脚盆、马桶一整套木器不说,还买了自行车和缝纫机——这怎么行!沈家两个儿子带着媳妇回来大闹了一场,正好大白天隔壁邻居都上班去了,也没太多人看到,听好婆婆说撒泼的是二媳妇小芳,又哭又闹,一屁股赖在地上,沈家老二怎么拉也拉不起来,大媳妇阿琴倒是很沉得住气,她骂小芳:"不要添乱了,你哭什么,当年你结婚沈家还给了你二十块钱、两斤毛线做聘礼,我跟老大只有两床棉被放在一起就叫结婚了!"这话明里骂小芳,实际上句句都是冲着沈家姆妈去的。说来说去,老大老二都担心姆妈把东西给了妹子,还不如乘早分掉来得安耽,但是老大的话说得太直接了,他朝沈家姆妈大喊大叫:"你做大人的,一碗水要端平,妹子结个婚把整个家都搬空了,以后我们分什么?"

好婆婆说沈家两个儿子哪里比得过沈美菊千伶百俐,把姆妈哄得密不透风的，老大愣头愣脑这一句话，惹得沈家姆妈号起来："你们爹是死了，但我还没死呢，就想着来分家了！你们知不知道张家送了多少聘礼来？整整一百块！美菊就是有本事，挑老公有眼光，找了个条件好的人家，这个就叫命。命里没有的，就算强求到了也没有这个福气去享，有本事你们也去找个条件好的人家，也不照照自己的样子。还说是做儿子的，我活到今天，享过一天儿子的福吗？你们每个月给我多少钞票啊？"

那天中午沈家姆妈连饭都没留儿子媳妇吃就把他们赶走了。天下着毛毛雨，四个人没带伞，慢吞吞地朝着轮船码头方向走去，浑身瘪塌塌湿淋淋，碰到熟人也不打招呼，一脸晦气相。后来沈家大媳妇阿琴经常跟人窃窃私语："沈美菊坏呀，一张嘴巴不知道多少会哄人，老太婆就是被她哄得昏了头，何止自行车、缝纫机，老太婆是把整个家底都翻出来送给女儿陪嫁了，一只金戒指，一对银耳环，还有一只上海牌的手表，都给了沈美菊，还以为我们不知道，都是沈美菊的小姐妹说出来的，千真万确，老话说得好：若要人不知，除非己莫为！这个死老太婆，我们是同她断绝关系了，以后她要是瘫在床上动不了，我看都不会去看她一眼的，叫她的宝贝女儿服侍她端屎端尿去！"虽然说的是悄悄话，说到激动的地方，阿琴的一张扁平白麻子脸还是涨得通红。

沈美菊出嫁的那一天，她的哥哥嫂子都没有来，沈美菊只请了两个平时要好的小姐妹陪着，隔壁邻居嘀咕说娘家这边太冷清了，新娘子的两个哥哥做得有点过头，平常再怎不对，结婚毕竟是人生大事，做哥哥的怎么好不来的。但是冷清归冷清，沈美菊娘家这边的礼数一点都不少，桌子上放着待客的瓜子花生，一只碗里底下垫了什锦硬糖，面上铺一层大白兔奶糖，来迎亲的一人一碗糖氽鸡蛋，两只鸡蛋加一勺红糖。沈美菊端端正正地坐在八仙桌前，穿着粉红的确良衬衫、深红色外套，两根粗黑的辫子剪掉了，烫过的鬈发掠到耳朵后面，越发显得脸庞丰盈、眉眼俏丽。

　　吃完糖氽鸡蛋后，沈美菊就被张家的迎亲队伍接走了。张海青住在八三巷的九号墙门里，离开沈美菊娘家只有几分钟的路程，然而迎亲队伍还是要绕着镇子骑行一圈。沈美菊走到院子里，香樟花开的味道直冲鼻子，蓬蓬的带着水汽，浓得化不开，一阵风吹过，香樟的落叶哗哗的，打了沈美菊一头一脸，沈美菊恨恨地骂了一句："断命的香樟树！"她停在门口，抖抖头发，把树叶拂干净。张海青骑在簇新的凤凰牌自行车上，停在院子里等她，几下爆竹的响声后，红的黄的纸屑掉下来，洒了一地，沈美菊这才款款走过去，新皮鞋踩过满地的香樟树叶、纸屑、瓜子壳，沈美菊坐上自行车后座，用手轻轻扶住张海青的腰，看的人起哄："抱牢一点，等一下爆竹还要响，不要被震下去了。"嘻嘻哈哈中，张家来接新娘子的自行车队伍去得远了，在人来人往的街道上，只看得到沈美菊的红外套越来越小，直到完全消失不见。

三

　　自从沈美菊嫁到九号墙门后,邻居说起她,当面各个竖起大拇指:"美菊能干的,家里面的事管得头头是道,张海青这个老婆是几辈子修来的。"背后自然也少不了有一些不上台面的闲话:"这个女人太厉害了,算盘打得太精刮,只进不出。"自从沈美菊嫁到九号墙门后,墙门里公用的空地上渐渐堆满了张家的东西,到后来沈美菊干脆让张海青在空地上搭了一间小房子,用来堆放杂物、木柴和煤饼。搭的那天,墙门里胡大的老婆挺着快要生的大肚子晃过去说:"海青这个小房子搭得真好,留出一条路刚刚好让我走过去,肚皮再大一点就不行了。"

　　张海青顿时满脸通红,本来就有点心虚,这下干脆停了手,沈美菊喊起来:"怎么停了,快点把钉子钉牢,不要台风一来就吹倒塌了!"沈美菊比胡大家的高着一个头,她抬高下巴,眼睛掠过那女人的头顶,只当面前没有这个人,沈美菊冲着墙门里其他围观的人说:"这些乱七八糟的垃圾东西堆在这里,还不如搭个棚子遮起来,省得隔壁邻居看了糟心。"她一低头,好像才发现了胡大家的,笑嘻嘻对她说:"你放心好了,你的肚皮也不会再大起来了,明天等你再生一个千金出来,你婆婆要好好烧只蹄髈给你补补呢。"胡大家的已经连生三个女儿,这第四胎肚子圆鼓鼓的,她婆婆估摸着又是一个赔钱货,整天当着胡大的面唉声叹气,吃饭时拍桌子扔筷子,胡大家的头都抬不起来,倒挂着两条眉毛,越发显得愁眉苦脸的。当下她迈着八字步默不做声走开了,旁边的人笑她:"你又说不过沈美菊,去惹她做什么,她那张嘴,可比刀子还利害。"

在张家,张海青自然只有听沈美菊说的份,张阿太更是个老实厚道的人,做事小心翼翼,从来就是宁可自己吃亏也不同人争执的。沈美菊私底下同小姐妹说:"那是因为早年在大户人家做丫头,不敢大声说话,习惯了的。"张阿太只晓得人前人后帮着媳妇说好话:"美菊嘴巴不饶人,心是好的。"

沈美菊也争气,嫁过来不到半年,肚皮就有了动静,张阿太看到媳妇更是未语先笑,每天一大清早就乐颠颠地跑到花园桥头去买小馄饨和锅贴给沈美菊当早饭。有人替她打抱不平,恨铁不成钢地说她:"从来只有媳妇服侍婆婆的,你倒好,全部倒过来了,这么大年纪了,天天早上帮媳妇买早饭,晚上还要帮媳妇倒洗脚水。你儿子不是讨了个老婆进家门,是请了一尊观音回来,千手不动,凡事只要动动嘴巴就好了。"张阿太照例怯怯地笑,赔着小心:"美菊辛苦呀,又要上班,肚子里又怀着小的,我这个老太婆反正退休在家里,能帮一点是一点。"

没等沈美菊把小孩生下来,张阿太就死了。张阿太去得很突然,那些嫉恨沈美菊的女人不无恶意地揣测说:沈美菊老早算好的,巴不得老太婆死呢,这下张家的东西好到手了。

那天早上沈美菊吃好早饭,亲亲热热地交代张阿太:

"妈，明早不要买小馄饨和锅贴了，天天小馄饨加锅贴，再好吃也要吃腻的，调调花样，烧饼油条也好的。昨天中午的红烧肉太油腻了，今天你去小菜场买条鲫鱼，清清爽爽炖点鲫鱼豆腐汤就好了，中饭我回来吃。还有被单换换，两件衣裳要趁早洗出来了，今天出太阳。"张阿太手脚不停忙着收拾："晓得了，你们上班去吧。"又不放心，颤颤巍巍赶着出来遥遥地喊："美菊，店里太吃力的活不要做啊。"住在隔壁的凤仙奶奶说她："你也太操心了，沈美菊还用得着你来教。"

中午张海青骑着自行车载沈美菊回来吃饭，一进墙门，看到衣裳被单都洗好了晾在院子里，滴着水，散发出一股干净的肥皂味，厨房里，两条鱼养在脸盆里，碗里用水渒着老豆腐，米已经淘好了只等下锅，青菜洗了一半搁在台板上，但是炉子是冷的，沈美菊皱起眉头："哎呀，几点钟了，米是米水是水的，我都快要饿死了。"隔壁凤仙奶奶正吃着饭，放下筷子走过来对张海青说："你姆妈忙了一个早上没停过，刚刚说太吃力了，要去歇一歇，我就没叫她，让她睡一会儿。"

张海青忙说："我来烧，都洗好了，下锅烧烧很快的。"说着赶紧把围裙穿上动起手来，他又对沈美菊说："你去睡一会儿，马上就可以吃了。"沈美菊慢吞吞走回屋子里，探头朝张阿太的房间看看，张阿太安安静静地睡在床上，盖着薄毯，一把蒲扇跌落在地上。沈美菊嘀咕一句："这个老太婆，真会享福，我上了半天班都要累死了，她还睡得跟死人一样！"她气哼哼地回到自己房间躺下来，也不知道睡了多久，蒙眬中，突然被一阵凄厉的哭声惊醒过来，只听得张海青不断地号叫着:"姆妈!姆妈!"

沈美菊借口要养胎,名正言顺地搬回娘家去住,张阿太的后事她一点都没沾手,她说:"老太婆还要怎么享福,睡一觉就死了,一点苦头都不吃。"连沈家姆妈都劝她回去看看,到底是张海青的娘,守寡把他带大的,做媳妇的应该回去尽点心,不然张海青心里会有想法的。沈美菊撇撇嘴,说:"我回去做啥,挺了这么大一个肚子,我是去招呼人好呢,还是要人来照顾我好呢。"沈美菊的小姐妹去张家帮忙,后来学给她听,说出殡的时候张海青哭得要死过去了,口口声声喊:"姆妈你是太吃力了呀,都是我不好啊。"沈美菊不以为然,她说:"老太婆死都死了,关我屁事!只要我生得出儿子,张海青敢对我不好!"

对于生儿子这件事,沈美菊十分自信。她的两个嫂子生的都是女儿,沈美菊早就放出话去:"生来生去都是丫头片子,依我说,要么不要生,要生就生个儿子,这样带出去才有劲头。"她坚信自己生儿子是十拿九稳的事。在怀孕的最后阶段,沈美菊每天挺着又圆又大的肚子去布店上班,也不做事,只管和来来往往的顾客讲闲话,讲得累了就歪在一把藤椅上歇着,等张海青送中饭过来给她吃。布店的其他女人们在背地里摇头感叹:"沈美菊每天上班,只有两件事顶要紧:说话和吃饭。"

有两个上点年纪的女人来买布,看到沈美菊的肚子好心提醒她:"美菊,你好请假回去了,看样子是快要生了。"沈美菊笃定地摇头说:"还早呢,照日子算,起码还要一个月,我是吃得太好了，营养太多，所以才显得肚子特别大。"话音刚落，忽然肚子猛的一动，沈美菊吓了一跳，捧着肚子"哎呦"一声，店里的人都紧张地看着她，沈美菊等了一会儿，感觉没什么要紧，于是笑说："没什么，我儿子踢了我一脚。"女人们都松口气笑了起来，说："你怎么知道肯定是儿子，是千金也说不定的。"沈美菊正要反驳，肚子又是一阵突如其来的尖锐的痛，有人打趣她："你儿子又踢你啦？"沈美菊说不出话来，她皱着眉头忍耐了一会儿，忽然脸色煞白，带着哭腔喊起来："不对了，我好像要生了，快点送我去医院。"

那天布店里的男店员小毕不在，一群女人们向街上收破烂的老李头借了辆板车，七手八脚把沈美菊抬了上去。沈美菊的裤子已经湿了，女人们用几块破纸板盖住她下半身，一个人在前面拉车，剩下的在后面推。去医院要穿过墟镇最热闹的市集，在熙攘的街道上，认识和不认识的人都围拢来看热闹，嘻嘻地笑着对沈美菊指指点点："从来没有听说过这种事，生孩子生到马路上来了，今天真是让我们开眼界了。"有好心的人帮着开路："快点让开，不然真要生在板车上了。"已经七月份了，正午的阳光热辣辣地让人难受，直射的强光让躺在板车上的沈美菊两眼发黑，她分不清那些看笑话的人脸上的表情，只能不停地翻来滚去，像一条离了水的鱼，徒劳地挣扎着，嘴里不停地叫喊："哎呦，我要死了呀，我痛死了！"忽然沈美菊发出一声尖叫，把围观的人群震开几步，有人注意到地上一路血迹斑斑，看热闹的人乱七八糟讨论着：

沈美菊

"肯定已经生出来了！""应该还没有，没听到小孩子哭啊！"拉车的女人们慌了，她们掀开盖在沈美菊身上的破纸板，再也顾不得好看难看，好几只手伸到沈美菊的裤子里扒拉了一阵，果然拎出一团东西来，小小的蜷缩成一团的粉红色的肉，湿漉漉的，像一只剥了皮的猫，还连着脐带。沈美菊虚弱地问："是儿子吧？"一个年纪大点的女人把那一团粉红色的肉拨来弄去翻看着，说："儿子倒还真是儿子，可惜不中用了，已经没气了。"她在破纸板上擦擦手，说："怎么这么小，美菊的肚子又大又圆，我还以为会生个八斤重的小子下来呢。"沈美菊当场昏了过去。

对于沈美菊的这番遭遇，不仅是布店里，九号墙门里也有不少女人暗暗称快，她们活灵活现地描述沈美菊昏死在板车上的样子，说她眼睛翻白，四仰八叉。"都被人看光了，"女人们哧哧地笑着，"谁叫沈美菊嘴巴不肯饶人，真是现世报，生了个死孩子出来，这下轮到她吃瘪了，你们看她还张狂不张狂。"

这群女人高兴了没几天，就看到沈美菊神气活现地抱着儿子从医院回来了。她很大方地把儿子给大家看，得意洋洋地说："老天爷都帮我，谁能料到我怀了双胞胎，死了一个，还有一个，照样还是儿子！"人群里有人半真半假地艳羡沈美菊："美菊你就是命好，要什么来什么，真正是心想事成！"

一时间邻居们都说沈美菊福气好，沈美菊成了九号墙门里最春风得意的女人。运河边那些日日聚在河埠头洗洗汰汰的女人们，手里干着活，嘴巴也没闲着，她们嘀咕着沈美菊在娘家婆家和单位里的种种精明算计,心底却着实佩服她。胡大家的果然生了第四个女儿,在家里一句话都不敢多说。"谁叫自己肚皮不争气呀,"胡大家的叹着气,"都被沈美菊说了去。"她夹在一群洗菜淘米的女人中间刷着马桶,狭长的小眼睛看不见别人脸上嫌恶的表情,只有洗床单的阿梅陪着她感叹:"都是命啊!谁家的老人像张阿太这么照顾人,说没就没了,一点都不拖累小辈。"阿梅的公公瘫在床上好多年,阿梅和她老公都要上班,没人照管,只能由着公公每天便溺在床上,她自己天天到河埠头洗沾满屎尿的床单,阿梅搓着床单说:"老公又体贴,一生就生个儿子,现在沈美菊在家里说一不二,谁能强得过她呢。"有人跑到岸边招呼阿梅:"你公公又拉在床上了,赶紧回去换了床单再来洗吧。"

四

人人都看得到沈美菊风光的一面,都说她嫁给张海青这两年以来,越发雪白粉嫩,比做姑娘的时候还要好看,站在布店里,就是一个卖布的西施。店里差不多年纪的女人,结了婚以后都面孔蜡黄,一双手伸出来指节粗大,一看就是做惯了家务。连最恨沈美菊的两个嫂子都承认这个小姑是真的聪明,做女人是要像沈美菊一样,算得精,晓得为自己打算,才有好日子过。大嫂阿琴说:"沈美菊也真是运气好,打好的如意算盘没有一只落空的,这下张家的东西都被她捏在手里,张海青还要做牛做马服侍她,一个屁都不敢放。"她转头看到五岁的大女儿,拖着两条鼻涕在舔麦芽糖吃,十分腌臜相,顿时气不打一处来,一记头棒就打过去,骂道:"你也是沈家的种,看看你这副没出息的样子,只晓得吃!"大家都笑起来,劝住阿琴:"好啦好啦,小孩子知道什么,哪能各个都像沈美菊呢,她这种人才,百年都难得一遇的。"

然而沈美菊毕竟也还有不称心如意的时候。

张阿太死了后,张海青把她的一张照片放大了挂在客堂间里,沈美菊走进走出看到,满心别扭,她对张海青说:"客堂间正中挂那么大张死人照片,阴森森的,不要说客人来了要吓一跳,隔壁邻居每天走过看了也不舒服,我看你趁早拿下来,换张小点的照片随便哪个角落放着也就算了。"张阿太的那张照片是她刚退休那一年照的,一张鹅蛋脸稍稍松弛,灰白的头发剪到齐耳朵的长度,用发卡拢住两边,显得清爽端正,眼睛里是一贯的卑怯和小心。张海青开始一声不吭,低头扒饭,沈美菊当然是不依不饶的,他实在受不了才闷着声音回道:"她是我姆妈!"沈美菊当场把筷子"啪"地拍在桌子上,冷笑一声:"我还是你儿子的姆妈呢!我不管,你今天是要这张死人照片呢,还是要我们母子两个。"最后张海青到底还是按照沈美菊的意思,把照片拿掉了。

沈美菊一不做二不休,把张阿太留下的一些不值钱的衣物家具,卖的卖,送的送,扔的扔,处理得一干二净,只当从来没有张阿太这个人。说出去她也是振振有词的:"这些东西又不能当饭吃，留着做什么，占了家里的地方，看着还碍眼。"张海青一言不发，任由沈美菊折腾，他只收拾了张阿太的一些照片就出门了，不知道要放到哪里去，沈美菊冲着他背影骂："只晓得你的死鬼姆妈，有本事抱着你死鬼姆妈的照片过日子去。"

　　自此以后，家里的大小事情都由沈美菊一个人说了算，张海青一概不说话。九号墙门里的人说起这对夫妻，都说女的喉咙越来越响，男的干脆没了声音，沈美菊说上几十句，也听不到张海青答应一声，好像屋子里只有沈美菊一个人。对于张海青的装聋作哑，沈美菊十分气恼。刚认识那会儿，张海青就是话少了一点，人是不呆的，现在倒好，不管她说什么，他都不搭腔。她晓得他是故意的，但是她没有他沉得住气，气一上来就要骂过去，话骂得很难听，张海青照样没有一点反应，沈美菊感觉自己是用尽了力气一拳头出去，结果打在棉花上，扑了空。

　　有一阵沈美菊老是感到胸口憋了一股气，发又发不出来，咽又咽不下去。她要强惯了，向来只有她说别人的，哪有向别人诉苦的理，没的被人看笑话，因此也就只好变本加厉，成天骂骂咧咧，不是嫌张海青手脚慢，就是嫌他干活不主动。

　　"碗洗好就倒扣过来放，剩菜剩饭用罩子罩起来，这点小事都要我说。"沈美菊吃完饭就靠在门边上用小手指剔牙，边剔边骂张海青，"橱柜上的纱门破了一个洞，每天蟑螂爬进爬出，你是没长眼睛还是喜欢吃蟑螂爬过的菜，这么大个洞看不到，早就应该补了。真是算盘珠子，拨一拨才动一动，

沈美菊

我看你快要连算盘珠子都不如了,怎么拨都拨不动。"

沈美菊生气的时候声音特别尖利,像铁汤匙刮到了玻璃上,刺得人耳膜生疼。一开始当着别人的面,张海青狭长的脸孔上还硬挤出几分笑意来,到后来干脆木着一张脸,只作什么都听不见,惹得沈美菊又恨恨地骂他:"别人真是没说错,三拳都打不出一个屁来,同你的死鬼姆妈一个样子。"

张海青仍然一声不吭。

沈美菊恨得手指头差点要戳到他额头上:"你这种男人家活着有什么用。"

隔壁邻居都看在眼里,偷偷笑张海青窝囊,被老婆像骂儿子一样地训斥,也有人佩服沈美菊:"天天骂老公,也真亏了她,骂人的话从来不带重样的。"到后来,连沈家姆妈也看不下去了,觉得要好好劝劝沈美菊。

沈家姆妈退休后,身体反而不及上班时硬朗,三不五时叫头晕头痛,饶是如此,平时还帮着沈美菊带小孩,礼拜六下午再把小孩送回来。有一天她听了实在熬不牢,趁着张海青在院子里晾衣服,悄悄劝沈美菊:"不好这样骂自己老公的,男人家要面子,他发起火来吃亏的还是女人家,你没见胡大家的,早两年挺了个大肚子,照样动不动被老公打得鼻青脸肿的,生了个女儿,被胡大扔到河埠头,还是隔壁的凤仙奶奶去抱回来的。"沈美菊听了鼻子里哼一声,故意提高声音:"要能动手,倒有能耐了,我看准了这种男人就是没有一点用。"从门口望出去,正对大门的水泥洗衣台上整整齐齐晒着新出缸的腌菜,两棵香樟树之间拉了一条尼龙绳,晾的是沈美菊的短裤胸罩，绞得不够干，还滴着水，透亮的水珠掉在泥地上，发出噗噗的轻响，偶尔从院子里传来搪瓷脸盆和水泥地面碰撞的声音，除此之外院子里静悄悄的没有一点声息，等了半晌，沈家姆妈叹了口气说："只听说过男人打老婆，哪里有你这样骂老公的，你是福气好，碰到了海青，海青真是一点脾气没有。"沈美菊回了一句："我就是恨他没脾气，死样怪气！"她咬牙切齿一字一顿地说："人木、嘴笨、脑子钝！"沈家姆妈这几年老了很多，头发花白，人缩小了一圈，没有原先那么胖大，她坐在高大丰腴气势汹汹的沈美菊面前，也不敢提醒她这个老公是她自己千算计万挑选的结果。

  那天晚上沈家姆妈一个人摸黑走回去，也就几步路，平常走惯的，沈美菊忙着管小孩，没顾得上送。没承想在快到家门口的地方，沈家姆妈一脚踩空，摔了一跤，头撞在路边的电线杆子上，顺势就倒了下去。好婆婆看到叫起来，大家围拢来用手电筒照着看了半天，沈家姆妈只有额头上擦破了一点皮，没有出血，但是人已经没了气息。

  沈家姆妈早就同两个儿子断绝了来往，活着时成天跟别人痛斥两个儿子有多么不孝顺，媳妇又不像样，放出话去家里的东西他们想都不要想。办丧事的时候沈家老大老二果然没有出现，全是沈美菊这个做女儿的一手操持。丧事办得风风光光，沈美菊心里暗暗较着劲，寿衣、骨灰盒、豆腐饭的菜式，样样都要比张阿太那时候更好，自己姆妈跟婆婆到底是不一样的，反正张海青也不敢说什么。当然，沈家剩的所有东西顺理成章到了她手里，这也是应当应分的，谁都没有话说。

　　沈家姆妈留下两间房子，靠近马路边，有人想买了去做店面，出的价格还算公道，沈美菊就自己做主卖掉了，留着也没用。那天她回去收拾收拾腾空了房子，锁上门就走，没料到好婆婆摸过来同她打招呼，看到她十分亲热，一边跟她唠唠叨叨："你两个哥哥不好，姆妈死了这么大的事都不来，美菊难为你了，你一个女人家，里里外外都要你操心，现在好了，你姆妈的后事也办好了，总算也了了一桩事情，你好轻松一点了。"她大概是看到沈家姆妈突然没了，想到自己的身后事，平时没有人可说，所以看到沈美菊就说个不停。好婆婆拉着沈美菊的手不肯放，摩挲着她："美菊你不容易呀，我是从小看你大起来的，去年你婆婆没了，今年姆妈又没了，还亏了你能干。我两个儿子要有你一半聪明多少好，也不会被人打死了。"说着好婆婆抹起了眼泪，沈美菊不耐烦跟她啰嗦，抽身走了，好婆婆还依依不舍地在门口叫她："美菊啊，有空回来白相。"沈美菊回头答应一声，她看到好婆婆的脸又黑又皱，瘦得像桃核一样，穿着一身补丁叠补丁的衫裤，孤零零地靠在门框上，已经老得不能再老了，听说前段时间她成天说没力气，后来狠狠心去肉摊买了二两猪肉熬汤喝才好起来。这个啬刻的老太婆，沈美菊心想，一把年纪了怎么还不死，自家姆妈平时看着好好的，却说没就没了。天色已经暗下来了，路灯还没有亮，路上的人都匆匆忙忙的样子，赶着回家做饭，沈美菊心里忽然感到一阵空落落的。

在外人眼里看起来，沈美菊还是有福气的，在家里要风得风要雨得雨，所有的活都是张海青一手包了。墟镇的河埠头是不大有男人出现的，蹲在那里洗刷的都是女人，只有张海青一个男人，常常穿着发黄的汗背心和大裤衩，混在女人堆里洗衣服刷马桶，从后面看过去，他背上的肩胛骨高高突起，一身瘦骨嶙峋。免不了有人在背后指指点点，很多人都说作孽，张海青日子过得真罪过，沈美菊一个人把全家的话都说了，张海青只有听的份。也有人为沈美菊报不平，他们认为像沈美菊这么要强的一个女人，偏偏摊上了张海青这么个没用的男人，反应迟钝，没有主见，日子过得混混沌沌，怪不得沈美菊整天要大呼小叫的。

五

沈美菊上班的布店，是墟镇消息顶灵通的地方，布店里的店员差不多都是女人，来买布的也是女人，这些女人们碰到一起，嘴巴就停不下来，东家长西家短的，一点小事就能嚼上半天。镇上大事没有，多的是男男女女的是非，这也是她们最喜欢讲的内容。在这一点上，沈美菊是很硬气正派的，她自认为行得正、坐得端，对这种男女丑事向来不齿，沈美菊最喜欢说的是她儿子的事，要不就是讨论谁家老头子死掉了留下多少东西,她说:"哪有这么多情情爱爱的,过日子嘛就是一起吃饭睡觉,那些破事,我还懒得听呢,嫌脏了我耳朵。"

布店的女人顺着她说:"美菊你是不用担心的,海青反正什么都听你的,谅他也不敢乱来。"但是说着说着话锋转个弯,又绕回到那些男男女女的事情上。这两天她们说的新鲜笑话是一个棉纺厂的女工,嫁了同厂的一个电工,结果为了夫妻间的那点事闹到领导那儿,那个蠢女人拎着自己的一条被扯破的内裤到厂里找领导为她做主:"我天天上三班倒,中班下班回到家已经十二点钟,累都累死了,这个死鬼还缠着我要,我哪里吃得消啊!"弄得领导面红耳赤,也不知道怎么处理才好,大家都说没见过脑筋这么不灵清的女人,这种事怎么好拿出来说的,后来她男人果然在外面搞了个姘头,这可不是她自找的嘛。

"这个女人后来懊悔死了。"

"她男人也是贱呀,找个姘头也不是什么好货,还不是图他是电工,手里有点钞票。"

沈美菊在旁边听着,她顺手拿拍子拍死一只苍蝇,在柜台沿上磕着苍蝇拍子,她"啧啧"两声道:"我要是这个女人,一头碰死算了,连老公都管不住,真是没用。管老公顶要紧就是钞票要捏在手里,再怎么样,男人身边没钞票就不会作怪。"

女人们纷纷点头:"美菊这句话说得有道理!"

谁也料不到沈美菊这句话说了没多久,张海青这么窝囊的人竟然也弄出一场是非来。

有一天沈美菊的大嫂子阿琴突然摸到布店里来，叫沈美菊十分意外：他们已经长久不来往了，难道是为了沈家姆妈留下的两间房子，这他们想都不要想，姆妈活着时已经讲得很清楚了，何况姆妈的后事他们都没来，说出去人人都讲他们不懂道理，在情在理也争不过她的。

阿琴却表现得十分客气，只说好久没看见姑娘了，今天难得从乡下上来，特意过来看看。

沈美菊向来看不起阿琴，她想也没什么好怕的，不管是讲道理还是吵架动手，阿琴都不是她的对手，当然她是最讲情面的人，礼数是不会缺的，因此也笑道："大嫂子，有空常来坐坐。"阿琴也笑嘻嘻的："快中午边了，海青要给你送中饭了吧，今天怎么还不见他来？"沈美菊说："他们供销社最近忙，走不开，不比你们在乡下自由，想去哪里逛就去哪里逛。"

阿琴闲闲地说起："供销社下面果品店里有个女的，听说是海青的高中同学，人矮得很，长得也不好看，跟你是完全没法比的。"沈美菊还没明白过来，阿琴朝她看看，露出同情的神色，很体恤地说："姑娘，依我看，海青也不会当真的，那个女人刚死了老公不到一年，到底忌讳。"沈美菊突然懂了，耳朵边"轰隆"一声，她停了几秒钟，还没说话，阿琴先笑道："那我走了，你有空到我们乡下去走走。"

沈美菊再也想不到阿琴来说了这么一桩事情，她想的事倒一件都没料中，有种一脚踏空的感觉。

旁边有个顾客凑上来说："美菊，我老早就想跟你说了，我看到不止一回，张海青同那个女的，两个人推着自行车，在镇外牛奶场那边，肩并肩坐着，说个不停，也不知道在说些什么，真看不出张海青这样闷头闷脑的人，跟那个寡妇倒蛮说得来的。"她看看沈美菊脸色，补了一句："不过两个人也就是说说话，别的事情应该是没有的。"

布店里的人都不知道说什么好，静了一会儿，有人帮着出主意："这种事情，最好是娘家的人出面，住在我家隔壁的一对，也是一样的事情，娘家几个兄弟去打了一场，最后那个男的讨饶了，现在也就老老实实的。"

"要不去果品店找他们领导，让大家也知道知道这个不要脸的女人。"

布店里的女人七嘴八舌出着主意，人人义愤填膺，觉得张海青这个老实人骗了大家，而且太不给沈美菊面子了，但是气愤里分明又带着点欢喜。

沈美菊有点蒙了，张海青向来是被她牢牢捏在手里的，她确实想不到这男人也会作起怪来，她强作镇定地笑笑说："我想起来了，我儿子还在隔壁凤仙奶奶家，今天我要回去烧中饭给他吃的，那我先走了。"她拿起自己的东西就走，也不管那些女人在她身后窸窸窣窣说些什么，反正也没有好话。

沈美菊一鼓作气往果品店方向走去，她要去会会那个女人。果品店在运河的另一边，要翻过一座长桥，沈美菊以前也去过几次，店里是有个不大说话的矮个子女人，但是长的什么样子,她实在没有印象。她倒要看看那女人高明在哪里,敢勾搭她沈美菊的男人,张海青这一向经常往外跑,说是单位的事多,但是天天晚上他还是回家睡的呀。沈美菊走了一段路,又停了下来,一时摇摆不定。她想:总之,是她大意了。

沈美菊刚走到长桥边,远远就看到张海青推着自行车走来,一个矮个子的女人走在他边上,两个人肩并肩地从长桥上下来。那女人比张海青矮着一个半头,实墩墩的体型,像一只粽子。两个人也没有说话,但是看上去都很高兴的神气,就像一对再普通不过的夫妻,大概要去哪里吃中饭。

沈美菊气得发抖,桥上的两个人也怔住了,没想到会在这里迎面碰上。沈美菊冲上去咬牙切齿骂道:"你这个不要脸的贱货!"没等两个人回过神来,沈美菊已经对着矮女人劈头盖脸几个耳光下去,恨不得撕了她,矮女人没敢还手,只躲来躲去,趔趄着,一只脚扭了,差点被沈美菊从桥上推到运河里去。张海青急了,扔下自行车,赶紧把两个女人分开,暴雷似的冲着沈美菊大喝一声:"你发什么神经!"张海青到底是男人,真动起手来,沈美菊还是打不过他,力气上就输了。沈美菊从来没见过张海青发脾气,她愣了一下,但马上就叫起来:"你敢打我!"旁边有人围过来看热闹,沈美菊大声喊道:"大家来评评理,为了野女人打老婆,你还是不是男人!"沈美菊一边喊一边扑上去厮打,把矮女人打倒在地上,张海青也发起狠来,一巴掌把沈美菊推开。沈美菊倒退几步,坐倒在桥上,背脊撞上石阶,一时爬不起来。旁边有个老太婆劝道:"好了好了,夫妻俩有话好好说,不要再打了。"张海青脸色铁青，一句话都不肯跟沈美菊说，只把矮女人从地上搀起来，两个人下了桥，张海青把女人扶上后座，骑上自行车走了，沈美菊痛得说不出话来，披头散发坐在长桥的石阶上，眼睁睁看着两个人去得远了。

那天等沈美菊回到家里已经黄昏了，但是张海青仍然没有回来，家里冷冷清清的，凤仙奶奶把她儿子送回来，沈美菊也没有力气管他，只让他在凉席上爬着，这孩子快两岁了还不会说话，只会咿咿呀呀，沈美菊想：真是他们张家的种，又笨又呆。

看着那小东西，沈美菊心里忽然腾起一股无名火，她顺手拿起桌上的一只碗朝着凉席砸过去，哐啷一声，偏了一点，砸到地上，碗砸得粉碎。她儿子吓得脸色煞白，隔了一会儿，呼天抢地哭起来，沈美菊一只接一只，把家里的碗盏砸了个干干净净，哐啷哐啷，她想她千算万算辛辛苦苦都是为了这个家，既然不要过了，她也要亲手砸了这个家。隔壁的凤仙奶奶听到动静赶着过来把孩子抱走，边走边骂她："小孩子都要被你吓死了，他是你亲生的呀。"

屋子里又剩下沈美菊一个人，冷冷清清的，她呆呆地坐着，实在是想不通：我哪里对他不好了？我算来算去都是为了这个家，从来没有一点对不起他的地方呀。那时候有多少人想娶她做老婆，门槛都要被媒人踏破了，隔壁的刘峰成天赶着她叫"美菊，美菊"，来不及地要讨好她，还有她哥哥的同学洪亮，她不用看也知道他眼睛里只有她，他为了她变着法子帮她们家干活。只有张海青，顶不起眼，她挑了他，还拼死帮他生了儿子,就像她姆妈说的:"美菊为了给张家传宗接代,命都差点没了!"他却这样待她!

墙门里的人陆续回来了,家家户户开了电灯,昏黄的小小的窗户里,看得到邻居们阖家坐在饭桌边的情景,像是框在相框里的画,遥远的,与她毫不相干,只有饭菜的香味静静地飘过来,她倒觉得一阵凄凉。她抱住自己的手臂,好像小时候倚在姆妈身上,感受到一点淡淡的温热。那时候她才七八岁,沈家姆妈带她去瞎子兰贞那儿算命,回家路上沈家姆妈逢人就夸耀:"瞎子说了,我这个女儿天生就是享福的命,要财得财,要子得子!"她倚在姆妈身边,似懂非懂地听着,那时候人人都夸她聪明伶俐、眉眼漂亮,她从小就晓得自己讨人喜欢,长大后,人家都说她就是要强了点,心里会算计,但这也是应该的,人当然要为自己打算。

沈美菊坐在黑暗里,没有开灯,外头经过的人只看得到屋子里有一个影影绰绰的大概轮廓,悄没声息的,没有人知道那天晚上她到底哭了没有。

不知道过了多久,沈美菊终于站起来拉亮了电灯,一圈淡金色的灯光,照亮满地碗盏的碎片,沈美菊从角落里拿起扫帚慢慢地扫着地,碎片撞击在碎片上,发出叮叮当当的清脆的声音。沈美菊想,等收拾好了再去抱儿子回来。

日子总还是要过下去的,这笔账也总还是要同他算的。

她没有错,错的是别人。

夏　花

一

夏花来我家做帮工那年，刚好三十岁，她命不好，十年前父母双亡，又死了丈夫，因此时常被人嫌晦气。可是她实在长得好看，性格又温柔，手脚又勤快，相处没多久，就获得了我们全家的交口称赞。

那时候我家在做粽子生意，这是我爸妈下岗后想出来的营生，本来不过是想图个温饱，没想到我姆妈手巧，能用一张粽叶包出精巧迷你的小肉粽来，我阿爸头脑活络，说这生意不能做零售，要专门供应饭店宾馆才能盘活，他又很能吃苦，每天骑着一辆破旧的自行车到处去推销，把方圆几十里都跑遍了，硬是把这粽子生意做得十分红火，到后来订货电话不断，我姆妈一个人简直来不及做。有人跟她说你家闺女读高中了，放了学没事做也能搭把手，可是爸妈都叫我专心读书就好，家里的事不用我操心。他们商量了很久，最后决定请个帮工。

我家开的报酬是按件提成计算的,包一只小粽子给五分钱。按照正常速度估计,熟练工一天能包五六百只,这么算下来每个月也能有近千元的收入,在当时是很不错的了。但即便如此,要请一个得力的帮工也相当不容易。开始我姆妈找的都是跟她一样年纪的下岗女工,她觉得四十来岁的女人家,上有老下有小,需要用钱,比较能吃苦,轻易不会辞工。可实际上呢,好几个女人来试工,才一天就抱怨不迭,说要坐着重复包粽子的动作,腰酸背痛就算了,一天下来手指头都被酱油腌得生痛,就算给再多工钱,也是吃不消做的。为了这事,我爸妈真是犯难了好久。

邻居阿玉姐听到这情况后,给我们介绍了她的远房亲戚夏花来帮忙。阿玉姐说得天花乱坠,我姆妈只好同意让人来试试,私下却认为不能抱太大的希望,因为住在我们那一带的人都知道,阿玉姐是个做一分事说十分话的人。她因为嫁得不错,丈夫在中学里做总务主任,多少管点事,也就有人愿意奉承她,慢慢地养成了到处搭关系的脾气,但是她虽然自诩热心仗义,办的事情却并不一定牢靠。

第二天我放学回家,看到工作间里坐着个陌生女人,从背后看过去,第一印象整个人又瘦又小,头发却异常乌黑浓密,规规矩矩地用皮筋绑在脑后,身上是一套毫无式样的青黑色衫裤,老气横秋的,她正坐在一只装满糯米的大脸盆前包粽子呢。听到动静,那女人转过头来,我一看,倒吃了一惊,真是个极标致的年轻女人!雪白的瓜子脸,眉毛弯弯,唇红

夏　花

齿白,眼睛下面有颗痣,很是妩媚。她朝我笑了笑,手里不停,拈起一张粽叶,折成斗状,舀一勺米到斗里,再放一小块肉,包裹好缠上棉线,紧紧地打个结,然后把小肉粽扔到脚边的木桶里,动作一气呵成,非常利索。我凑过去看看,那桶里的粽子只只大小匀称,边角挺括,这水平,已经快赶上我姆妈了。

我不禁好奇地问她:"你以前学过这个?"

她听了又笑起来,眉头舒展,显得更加温柔可亲,她轻声说:"我以前是在点心店里上班的,不过这么小的粽子可是第一次看到呢,刚刚李师母教了我半天,我才学会的。"

我看到她手指头上戴着棉布做成的指套,这样可以起点保护作用,确实是内行人,便又问她:"那你怎么不继续上班了?"

"生意不好呀,后来店关掉了,大家都要自谋出路。"她很无奈地回答。

这时候隔壁厨房里传来响亮的说话声,是阿玉姐和我姆妈在谈天呢,我听了赶忙跑过去,就看到我姆妈弯着腰在水池前淘米,阿玉姐自顾自在喝茶,八仙桌上摆着新鲜出锅的小粽子,还有几样糕点——阿玉姐每次来我姆妈都是很客气地招待她的,还把我的零食都拿出来给她吃。我坐到阿玉姐对面,伸手把糕点拿到自己跟前吃起来。姆妈看到瞪我一眼:"没有规矩!"

阿玉姐说得兴起,并不在意我的举动,她喝口茶润润嗓子,接着说:"我这个人啊,就是心肠太软,良心太好,一听到人家有难处，我就忍不住要去帮忙！这个夏花呢，好歹是我家亲戚，关系是隔得有点远了，可是她年纪轻轻守了寡，又带着个妹子要养活，现在到处求人打零工，帮人家缝缝补补洗洗汰汰，可怜见的。正好你们要人，这样一来，我是既帮了你们，也帮了她，真正是两全其美！"说着呵呵笑起来，那唾沫横飞的样子，恨不能把她自己夸上天去。

我姆妈也跟着笑了笑，说："夏花挺好的，人聪明，我们家这点活，我一教她就会，半天下来已经上手了。"

我知道跟阿玉姐聊天，大家都只能讲她好话，不能夸别人，果然她听了我姆妈的话，撇撇嘴，忽地压低嗓门，故作神秘地说："哎，你晓得吗，夏花这个人八字不好，从小被爹娘送掉的，就怕养在家里会克死人。"

我和姆妈听了都是一愣，阿玉姐看到我俩的表情，得意地"咕咕"笑了几声，说："她是被送到三家村的，我老家就在那里，这件事我顶清楚了。她婆婆就是村里的马裁缝，是我舅婆的表侄女，很是能干，因为生个儿子从小体弱，原本想领个丫头回家做童养媳，可以冲冲喜，结果呢，马裁缝辛辛苦苦把这个扫把星养大了，还教她裁缝手艺，谁能想到同房没多久，马裁缝的儿子就被克死了，老太婆真要懊悔死了，哭都来不及，后来就把她赶走了。"

"啊呀呀！这个做婆婆的真厉害！"我姆妈忍不住说，有点打抱不平的意思，"那时候夏花才二十出头吧，灰头土脸地被赶回娘家，肯定要被人说死了。"

"不赶走难道留着在家养她吗？"阿玉姐反驳道，"这还

夏　花

不算完呢，夏花回墟镇没几天，她自己的爹娘也被她克死啦！出事那天正好是农历七月半，她爹娘撑着船要到河对岸去，大中午的没刮风没下雨，不知道怎么回事，默默地翻了船就淹死了，没有人听见动静，你们说怪不怪？"

阿玉姐是天生的破锣嗓子，声音压得再低，也比常人气粗，加上她越说越兴奋，嗓门渐渐大了起来，夏花就坐在隔壁，我想这些话她肯定都听了去了。阿玉姐却毫无知觉，还在继续说："当年她爹娘可是死得很惨的，过了两天才被人从河里捞起来，肚皮都胀破了，肠子流了一地，啧啧啧，亏得你们家不忌讳……"

我姆妈赶紧打断阿玉姐的话，说我们家又不是开店做生意的，没有这种讲究，只要人踏实肯干就好了，又谢了阿玉姐好几遍，把她哄得高兴了，再送她两袋粽子做谢礼，她才兴兴头头地回家去了。

这边夏花做了一天工，走之前把家什器皿都洗了，地也扫得干干净净，我姆妈看到她手指头上被棉线勒出了好几道口子，生怕她觉得辛苦不肯再来，她却并不在意，柔声细语地说："不碍事的，干活开头都是这样的，做习惯就好了。"她再三保证一定坚持下去，叫我姆妈放心。

自始自终夏花脸上没有露出丝毫不高兴的神气，我倒疑惑起来了，难道她真的没听到阿玉姐说的那些话？等她走后，我跟姆妈说夏花脾气真好，要是我听到有人在背后这样议论我，肯定要跟人狠狠吵上一架才解气。姆妈看我气呼呼的样子，觉得很好笑，她跟我解释说这不是脾气好不好的问题，而是夏花早就习惯了。我越发不明白了,姆妈叹气说:"想也想得到,这些年来,同样的话,她不晓得听过多少次了——能不习惯吗?"

二

多了夏花做帮手,我姆妈轻松了很多,再也不用起早贪黑地忙活了。夏花做事勤快,为人也不斤斤计较,照理说反正是按件计酬的,她只管包粽子就好,其他的活,比如淘米、洗粽叶、发煤炉、打扫卫生之类,做了并不多拿钱。但是夏花不用人说,眼睛里看得到的活,她都顺手做掉了,事后也并不多话邀功。而且看不出她瘦瘦小小一个人,竟很能吃苦,她的手不大,原先跟她的人一样细白好看,包了两个礼拜的粽子后,手指头上都是破口,有的地方结了痂,有的地方磨出了茧子,换了别人肯定要叫苦连天了,她一天工都没缺,自己想了个法子,在棉布指套外缠上塑料袋,硬是咬着牙撑了下来,但是一双手是毁了,阿玉姐看到连呼可惜,她也只笑笑不吭声。

不仅如此,夏花还处处为我家考虑,替我们省钱。本来说好了包她一顿中饭的,结果她每天都自己带饭过来,说都是她妹子夏云吃剩下的,扔了可惜。我姆妈观察了几天,发现她吃的只有包子皮,根本没有配菜,最多有一块腐乳。我姆妈便强行邀请她跟我们同桌吃午饭，让她至少吃点菜，她也只动放她面前的那碗菜。

我爸妈觉得很庆幸，夸夏花是个老实本分的人，这个帮工可算是请着了。

但是没过多久，我发现家里又添了新的麻烦。自从夏花来了之后，住在周围的一些男人，不管是不是单身，经常找借口上我家的门，像在市集开小超市的兴旺叔、做装修的小王，还有送煤气的安徽佬阿昌，他们要么来买粽子，要么找我阿爸喝酒闲聊，来了就不肯走，最后都挨挨擦擦地踱到工作间去，跟夏花搭讪。周围的女人们不高兴了，都说这起混账男人眼睛里爬得出馋虫来，他们是豆腐吃不着，捞点豆腐汤也好的。我爸妈很厌烦这些人，但又不好赶他们走，只好忍了。

夏花也很能忍，面对这些人，她从来没有翻过脸。我姆妈说她在墟镇无依无靠，不敢得罪人。但是她也绝不轻骨头，不管那些男人家向她说什么风话，她都正襟危坐，只管自己干活。就算这样避嫌，夏花还是被人骂了。有一天安徽佬阿昌到我家串门，他嘴上跟我阿爸说着话，眼风却一五一十地瞟着送到夏花那边去，正说得热闹呢，没料想阿昌老婆突然来了，执意把他拉回家去，走的时候还恶毒地指着阿昌骂："看什么看，看多了不吉利的东西，小心眼睛生疮！"这不就是指桑骂槐吗？可把我气坏了，但是夏花低着头，只当没听见。

所有这些男人中，顶讨厌的是住在我家后面的阿三，其他人只是嘴巴坏，这个阿三却是会动手动脚的。阿三是点心作坊里的糕点师傅，长得像猴子一样精瘦，瘸了一条腿，据说是跟人轧姘头，被女方的丈夫打断的。他时不时一瘸一拐到我家来，有时候带一盒绿豆糕，要让我们尝尝，有时候说是来偷师的，缠着夏花教他包粽子，经常一坐就是半天。人家嘲笑他被勾了魂，他也不否认，涎着脸说："这个小寡妇真是墟镇一朵花，说话声音软绵绵的，搔得老子心里发痒，我看不到她这一天就过不去。"

有一天我放学得早，到家没看见爸妈，方才想起今天他们俩分头出去送货了。还没等我放下书包，忽然听到工作间里传来"哐当"一声巨响，我吓了一跳，大声喝问："谁在里面？"刚要进去，就看到夏花满脸通红地跑了出来，她手里还拿着一张粽叶，衣襟上全是酱油。我见是她，放下心来，问道："你怎么了？是不是打翻了脸盆？"她咬着牙没说话，眼睛却红了，这时候阿三瘸着腿从里面走出来，他看到我，笑嘻嘻地跟我胡扯了两句，然后扬长去了。

等我爸妈回来，我偷偷把这件事跟他们说了。当晚我听到爸妈断断续续讲了半宿的话，好像在商量事情。我很担心：他们可不要把夏花辞了吧？第二天吃中饭的时候，我姆妈拉着夏花到门口边晒太阳边讲话，我也蹭过去在旁边偷听着。结果跟我猜的完全不一样，我听到姆妈在劝夏花再寻一个男人。我姆妈的意思是，夏花虽然行得正坐得端，但毕竟寡妇门前多是非，那些无赖男人隔三岔五过来啰嗦，昨天竟然发展到动手欺负她，主要还是因为她身边没个男人，何况夏花

夏 花

年纪不大，存心要寻的话，肯定也能寻到个合适的人，这成家的好处，往大了说，可以免了那些不必要的骚扰麻烦，往小了说，家里的力气活也能有个帮手。

最后我姆妈说："我是把你当自家人，才不怕讨你嫌跟你说这些。"

夏花急忙说："我晓得的，李师母，我晓得你们是为我好。"她顿了顿，似乎下定了决心才开口说："但是我这个人生下来命就不好，这辈子是不打算再嫁人了，免得拖累了人。"她说话的声音很轻，但是语气却很坚定。

"这是怎么说呢？"我姆妈不以为然，"什么命不命的，别人嚼舌头的话你也信！"

"不是这样的。"夏花低着头说，"我去瞎子兰贞那里算过命。"

瞎子兰贞是我们镇上算命最灵光的人，好多人家添了孩子，都会拿八字去找她给批一下，按五行取名字，听说她算姻缘最准，能不能成事，成了后顺不顺，她都敢铁口直断，跟半仙一样。听了夏花这话，我姆妈便问瞎子兰贞是怎么说的。

夏花说人家讲她八字硬、命不好这些话，开始她也是不相信的，可是后来丈夫死了，父母也死了，不由得她不信命。她回到墟镇不久，就托人带她去找兰贞那里算了一次，结果瞎子兰贞给她断了个孤单命。"就是这辈子无儿无女，孤身无靠。"夏花语调平平地说。

沉默了一会儿，夏花又接着说："兰贞说的都很准，她说我心肠软，脾气硬，眼睛下有痣，注定一生劳碌辛苦。不过算出来有一点倒是好的，她说我夫妻父母缘分都薄，跟姐妹却是好的，到老了只有姐妹能依靠，只要姐妹好了，我自然也就好了。"

既然是瞎子兰贞批出来的命，我姆妈也不知道该说什么好了。看到我姆妈失望的样子，夏花反而倒过来安慰她，说："我早就都想通了，所以人家说话再难听，我也不往心里去。只要我妹子夏云好，我就知足了。"

提到她妹子夏云，夏花苍白的脸上添了欢喜的红晕，她很难得地絮叨起来，说夏云已经读高三了，出落得花儿一般的人才，眼看着明年毕业，她这个做阿姐的已经在到处打听哪里有招工，也留心着要帮妹子找一个好的对象，最好是本镇的，人要脾气好、耐心些，她不求别的，只要夏云能嫁个好人家，她就放心了，等夏云成了家，她要劝他们早点生个孩子，趁着她自己还年轻，可以帮他们管小孩。

我姆妈问她："你妹子十岁起就是你带她的吧？如今也这么大了。"

夏花点点头，说夏云从小就聪明伶俐，长大了也是个厉害的，现在她跟邻居拌嘴相骂，从来就没输过。

夏花笑微微地说："我妹子比我强，泼辣是泼辣了点儿，但是不管到哪里都不吃亏。"

我姆妈连声说："那就好！那就好！"

夏 花

三

阿玉姐真是个包打听，消息灵通——不晓得怎么搞的，我姆妈劝说夏花再嫁的事很快被她知道了。没过几天，她就兴冲冲地上门来给夏花说媒，对象是她的亲大哥。阿玉姐娘家兄弟姐妹很多，这个大哥是最不成器的，快五十的年纪，工作不好好做，只喜欢跟一群狐朋狗友喝老酒，整天醉醺醺的，发起酒疯来，还会打架摔东西，在我们镇上都是有名的。这个人我也看到过几次，眉眼跟阿玉姐有几分相似，但人长得太胖了，肥头大耳，五官浮肿，远远望去脸上只有一个油光发亮的红鼻子，半秃的脑袋，脖子后面的肥肉高高隆起，有点猪样。要我说，阿玉姐的大哥根本配不上夏花，所以她一开口我就希望这事成不了。

阿玉姐在工作间里跟夏花说了半天，后来我和夏花去河埠头洗碗搓抹布，她还跟着，一副不达目的不罢休的架势。阿玉姐喋喋不休地夸她大哥，说她大哥从来没有结过婚，却不计较夏花是寡妇再嫁，算起来还是夏花占了便宜呢。我坐在台阶上听着，阿玉姐口才实在好，加上又为夏花介绍了我家的工作，算是对她有恩，我真怕夏花一时心软答应这门亲事。

幸好夏花立场坚定，她说话声音轻，我没听到她是怎么跟阿玉姐说的，只看到阿玉姐一下子住了口，站了会儿，然后悻悻地走了，还扔下一句话："不识抬举的东西！"

夏花不说什么，等阿玉姐走了，她才直起腰，看着前方舒了口气。四月的晴天，天上没有一丝云彩，然而太阳光还是很清浅，那淡金色的光打在夏花身上，显得她皮肤更白，头发更黑，跟画上画的人像一样，颜色鲜明，安静温柔。她只顾看着远处，不晓得在想些什么。我坐在她身后，顺着她的眼光看出去，眼前都是日常看惯了的墟镇的样子，并没有特别的风景：一座石拱长桥横跨在运河上，微风吹过，石拱桥侧的杂草微微摆动，桥下一队拖船缓缓开过，在河中间劈开一道水路，水波往两岸漾开，浪头翻滚，对面河埠头蹲着洗碗的人来不及躲开，有几只碗被打到河里去了，岸边一阵笑骂声。

后来我问姆妈，为啥阿玉姐要撮合自己的大哥和夏花，她不是看不起夏花吗？还在背后编派了夏花那么多坏话。姆妈说阿玉姐打的好算盘呢，她大哥一把年纪不学好，每个月都要老父母接济，而夏花能吃苦，独立撑起一份人家，他们要是能成了，阿玉姐的大哥更可以好吃懒做了，最主要阿玉姐还认为自己帮过夏花，将来做了姑嫂，她能拿捏得住这个人。

我以为夏花回绝了阿玉姐，这件事就算过去了，没想到阿玉姐气不过，竟在外头大说特说夏花的坏话。只不过夏花为人勤恳，待人也都客客气气的，除了命不好这一点外，还真没什么可被人挑剔的，阿玉姐说不出新鲜花样来，于是就把矛头转向了夏云。

夏云虽然只是个高中生，但从阿玉姐嘴里说出来，已经

夏 花

是个十足的小妖精了。根据阿玉姐的说法，夏云根本无心学习，留了两次级，却天天描眉画眼地打扮着，又穿得花枝招展，放了学就跟社会上的人到处游荡，经常男男女女抱在一起跳贴面交谊舞——"简直下流无耻！"阿玉姐义愤填膺地说。更让人看不过眼的是，夏花对这个妹子太溺爱了，夏云这么大的姑娘了，家里的活从来不动手，是个推倒油瓶不扶的主，每天带去学校的饭盒都要拿回家让夏花洗，这还不算过分，连晚上的洗脚水也是做姐姐的帮她倒的——总之，是懒到家了。阿玉姐断言："夏云这个姑娘，被她姐姐宠坏了，又懒惰，又贪吃，成天惹是生非，你们看着吧，她这样下去，迟早有一天会去吃牢饭的！"

阿玉姐这一番不遗余力的宣传，可算让夏花和夏云两姐妹在墟镇大大地出名了，尤其是夏云，名声被传得十分难听，在我们那一带，连那些退休在家念佛的老太太都听说了，她们坐在一起叠元宝的时候议论纷纷，一致认为如今镇上风气越来越差，兴出了歌厅、舞厅，还有黄色录像厅，都是因为像夏云这样的小年轻不学好才弄出来的，花样经实在太多了。

我和夏云是一个高中的，但不同年级，所以我从来没有在学校里碰到过她。阿玉姐那些话我当然不相信，不过也引起了我对夏云的好奇。我问夏花为啥不让夏云做家务，夏花笑笑说："小孩子只有一件事顶要紧，就是好好读书，干活还怕以后没得干吗？"我反驳说："高中生也不算小孩子了，我的衣服都是自己洗的，有时候也会帮我姆妈烧饭呢！"夏花呆了一下，说不出话来，半晌，她笑微微地说："你说得也对，高中生不是小孩子了。"她低头包了几只粽子，轻轻叹口气，又解释道："我就是吃了没文化的苦，只能干体力活赚点钱，无论如何不能让夏云跟我一样了。"原来如此，我听了暗暗地想：可是夏云成绩那么差，夏花肯定很失望。

说来也巧，几天后我就在市集看到了夏云。因为我过生日，姆妈额外给了我一些零花钱，我高兴坏了，便跑去桥头市集买心心念念的大肉包子吃。

桥头市集是墟镇最热闹也最邋遢的地方，夏花家就住在市集边上的一间小房子里。我老早就听夏花提过，市集上有各式各样的店铺和小吃摊，生意最好的要数方大伯家。她说方大伯中年丧子，很辛苦地抚养两个双胞胎孙子长大，靠的就是他做包子的手艺。他家的包子馅里加了特制的皮冻，一口咬下去，汤汁四溢，鲜香无比，因此很受欢迎。方大伯上了年纪后，只做上午半天的生意，他家的大肉包子就更加供不应求了，每天早上他摊位前的队伍都排得老长老长。

那天我刚排到队伍后面，就见一个姑娘趿着棉拖鞋边打哈欠边往方大伯摊子上走过来，晃晃悠悠的，相当悫懒不好惹的样子。边上有人小声说："看到没有，这个就是夏花的妹子夏云，桥头市集的霸王。"

我吃了一惊：她就是夏云呀！我忍不住盯着她看，眼前的姑娘跟夏花一点儿都不像，个头不高，但丰满结实，圆圆的脸庞，大大的眼睛，她的行为举止确实很像霸王——她一手拎着一只小锅子，一手拨开等在蒸笼前的人，毫不理会大家七嘴八舌的埋怨，冷哼着说："你们吵个屁，我用得着排

夏　花

队伍吗？我跟方大伯的两个孙子是什么交情，你们跟我比？我老早跟方大伯说好的，每天专门留五只肉包子给我！"五只雪白饱满的肉包子把小锅子堆得满满的，她也不付钱，端起就走，方大伯大声跟边上的人解释说："她不是白吃的，等一会儿她阿姐夏花会过来付的。"

排在队伍后面的人开始窃窃私语起来，讲的是方大伯两个孙子的事，那对双胞胎兄弟大家都是很熟悉的，长得非常俊俏，因为从小没了父母，被方大伯捧在手心里宠大，讲究吃穿，也很风流，女朋友一个接一个谈着，在镇上风评不大好。"难怪跟夏云有交情呢，都是一路货色！"有人这样说道。幸亏方大伯耳朵不好使，听不到这些话。

我只对夏云感兴趣，一直看着她。只见她在摊位前坐了下来，伸出两根水葱似的手指，懒洋洋地拈起一只包子，先把最上头的包子褶儿揪掉，露出一个小破口，然后她撮尖了嘴唇，就着包子的破口吸吮里面的汤汁，发出响亮的"啧啧"声，半晌，长长地吁口气，歇会儿，再利索地把包子掰开，里面是酱香浓郁的肉馅，夏云一口把肉馅吃掉，随手把包子皮扔回锅子里。如此重复几次，很快锅里只剩下一堆包子皮。这种吃包子的方法，直让我看得目瞪口呆。吃完包子，夏云起身走了，那锅包子皮就放在方大伯摊位前的小桌上，大家笑嘻嘻地看着，都说："不用管它，等下夏花就会过来收拾了。"

"你们是不知道，她阿姐过得那么节约，一块钱恨不得掰成几块儿用，她倒好，派头比千金小姐还大，不要说吃包子只吃馅了，好好的衣服鞋子，只要有一点不称心，说扔就扔了。"说话的人大约很熟悉这姐妹俩。

"这哪像做妹妹的，简直是前世的债主，这辈子来向夏花讨债的。"人群中一个老太婆发出感慨。我听着这些议论，忽然觉得先前阿玉姐的话好像也没有完全说错。

四

几个月后，夏云高中毕业了，按照她的成绩，考大学是不可能的，那就只能去上班了。为了给夏云找一份像样的工作，夏花早就在到处寻关系，但是托来托去没个着落，冤枉钱倒是花了不少，看到夏云在家闲着，整日无所事事，而且跟方家的双胞胎兄弟打得火热，有时候深更半夜还跟他们出去跳舞看录像，夏花急得直上火。

阿玉姐又知道了这件事，她似乎忘了自己曾经在背后泼过夏家姐妹俩的脏水，竟主动来跟夏花说夏云的工作包在她身上，她夸口说在墟镇，就没有她阿玉姐办不成的事。那几天阿玉姐逢人便说："我实在是看不过眼，谁叫我是天生的热心肠呢！虽然夏家那两个，姐姐为人不地道，做妹子的又浪荡不检点，但是我不能计较呀，说起来我还是她们的长辈，能不拉她们一把嘛！"我想阿玉姐就是这样，事情还没做，夸自己的话倒先说了一大车。不过也是巧了，没过多久，夏

夏 花

云的工作就解决了,可以到棉纺厂去做临时工。人情这种事,托的人多了,到最后是算不清究竟谁起了作用的,阿玉姐一口咬定自己在中间出了大力,她心安理得地受了夏花许多谢礼,这也不在话下。

　　棉纺厂里给夏云安排的是常日班,相比三班倒要轻松得多,夏花终于了却一桩心事,那阵子她人逢喜事精神爽,天天笑脸迎人,说话声音也响亮了不少。夏花到我家帮工快一年了,我还是第一次看到她这样容光焕发的样子,比原先显得更加水灵好看了。日常干起活来,夏花也越发卖力,仿佛浑身有使不完的劲儿,我姆妈看她一个女人家,能抵得上两个壮劳力,因此经常叫她歇歇,她每次都笑呵呵地回道:"李师母,我心里高兴呀,手里停不下来!"我们都很理解夏花的心情,毕竟她半辈子辛辛苦苦做人,全都是为了夏云,她总觉得夏云好了,她的后半辈子就有依靠了。

　　差不多同时,夏花还碰到了另一桩喜事:有人正正经经给她介绍对象,人选是何春生。这让大家都感到吃惊了。何春生是乡下卫生所里的医生,暂时来墟镇医院学习培训的,还不到三十岁,生得十分英俊,剑眉星目、高大挺拔,为人又极和气,来了镇上没多久就很得人心,医院里的人都很喜欢他,好多婆婆妈妈主动给他介绍对象,虽然最后都没成功,也没结下冤家,那些做红娘不成的女人们只替何春生感到惋惜和不平:"小伙子什么都好,就吃亏在是农村户口,半年后要回乡下去,家里又实在困难了一点。"这回的事据说是何春生主动的,受托的老护士长去夏花家里时很多人都看到了,坐了有两盏茶工夫,最后夏花客客气气地送她出来。

镇上的人觉得这可是老树开花、难得的奇闻了:一个年纪轻轻的帅小伙子,居然会看上比他大的寡妇。再喜欢嚼舌头说是非的人,也从来没有把他们俩凑在一起过,现在回过头仔细想想,倒也有蜘丝马迹可循。何春生是三家村人,跟夏花前头的死鬼男人是同乡,两人原本就是认识的,在为夏云落实工作这件事情上,何春生出了不少力,而且事后坚决不收夏花的谢礼。大家推测,大概就是因为这样一来二去,何春生和夏花彼此都有了意思。

何春生送了一块衣料给夏花,他们的事就算定了下来,夏花应该是很满意的,她也不再说命不好不想拖累人的话了。这两个人成了一对,外表看起来真是十分般配,长得都俊秀,穿着虽然朴素,但都是干干净净整整齐齐的,脾气也很相宜,说话都慢声细语,声气不高。因为忙着上班,他们白天基本没什么时间相处,只有傍晚夏花回家时,何春生会来接她。大概是怕夏花难为情,何春生并不进我家的门,只在路口等着,他总穿一身洗得发白的蓝色衣裤,推着一辆自行车,高高大大的,很引人注目。

这样一来,原先那些苍蝇样的男人真的就不大来搅扰夏花了,只是在背后说些坏话浑话是免不了的,其中最酸溜溜的就数瘌子阿三了,他经常大骂何春生穷酸:"送的什么衣料,就是一块灰蒙蒙的棉布,桥头市集上顶便宜的料子,跟何春生的人一样寒碜,这种东西也送得出手,要我就看不上!"不然就说夏花是瞎了眼,好歹不分,选谁不好,选了

夏 花

个穷得叮当响的乡下人,还不如跟了他呢。

这样的话听了可真让人生气,偏偏夏花对自己过于俭省,来来去去就是那几身蓝黑色的旧衣裳,简直是坐实了阿三的那些诋毁,所以等到她发工钱那天,我便下死劲拖她跟我一起去市集逛逛,叫她也买几件新衣服来穿。

到了桥头市集,夏花只是看,却不肯给自己花钱,她自有一番道理,说起来还是为了夏云。她认为夏云现在上班了,更要穿得鲜亮些,不然会被人看不起,她宁可把钱省下来,给夏云买新衣服新鞋子。听她这么说,我真当服气了,我问她:"难道你跟何春生结婚那天,也穿这身旧衣裳吗?"夏花顿时愣住了。正好路边时装店的橱窗里挂着一件薄呢的西式外套,是很正的大红色,领口用金丝线绣了一枝月季花,我指给夏花看:"这件漂亮,要么你去试试看。"夏花连连摇头,小声说:"太红了,我穿这么红的不合适。"我想了一下才明白,她是怕自己二婚,穿太红的会被人家议论。

我拉着夏花在市集逛了很久,她没给自己买任何东西,倒给夏云买了不少小玩意儿,带头花的发卡、真丝围巾、几双袜子和一副手套。我看她喜孜孜地捧着那一堆东西,心想:夏花就是这样,对自己真是太抠门了。

不过最后经过国营布店时,她却主动要求进去看看。这家布店的规模是墟镇最大的,不仅靠墙的展柜里竖着一卷卷料子,台面上也层层叠叠地搭着好多布料,棉布、的确良、泡泡纱、乔其纱、真丝、绸缎、呢料子,红的、蓝的、大花的、小圆点的,五颜六色,看的人眼花缭乱。柜台里几个女店员在说闲话，其中一个中年女人认识夏花，主动过来招呼她。夏花这里看看，那边摸摸，最后看中了一块织花的缎子，是枣红色的。中年女人将那卷缎子拿到柜台上，抖开了给夏花看，笑着夸道："算你有眼光，这块缎子是我们店里卖得最好的，质地紧密，光泽又好，你摸摸，又厚实又轻软。"那女人唠唠叨叨介绍个不停，说这种绸缎最适合做对襟盘扣的中式上装，穿起来肯定端庄大方，还告诉夏花应该到哪家裁缝店去做。夏花笑微微地听着，不住点头，附和说："中式的好，穿起来舒服！"她摸了又摸，还忍不住把衣料扯出一截往身上比划了一下，那柔和温暖的颜色，果然衬得她眉眼生动、气色极好。

但是说了半天，夏花最后还是没有买那块绸缎，反而替何春生剪了一身藏青色的薄呢料子，打算给他做一件新外套。那中年女人白白费了半天口舌，倒没生气，只是说："你这个人啊，只晓得为别人打算，从来不想想自己。"她一边算尺寸，一边打趣夏花："不过你们家何春生是要有个女人替他拾掇拾掇，他人是长得精神，可惜太不修边幅，前些天我去医院配药，看到他的衣服袖子磨烂了还在穿，也不管好看难看——现在有你这样顾着他，他以后的日子不要太享福啊！"

几句话说得夏花红了脸，讷讷的回不出话来，可是她脸上带着欢喜。我也打心底里为她高兴，她总算是苦出头了，好日子应该在前头等着呢。

夏　花

五

然而世事的变化再也让人料想不到，大家都以为何春生和夏花的婚事是板上钉钉——没跑了，突然间却又偃旗息鼓，何春生悄没声息地回老家去了。究其原因，大家都认为是夏云在厂里闹出了丑事，连累得做姐姐的也不清不白，被人嫌弃了。

原来夏云人虽泼辣蛮横，毕竟年轻经不起诱惑，上班没几天，就跟厂里做电工的阿梁好上了，两个人同进同出，很快打得火热。阿梁比夏云大得多，本身收入不低，又懂点技术，因此手头宽裕，用钱上对夏云十分大方。两人要好的那些日子，夏云嘴巴里零食不断，打扮上也更加出挑，烫头发，涂口红，十只手指甲染得鲜红欲滴，平时也不好好上班，三天两头地请了假跟阿梁去省城玩耍。开始夏花还不知道这回事，直到阿梁在乡下的老婆突然来了墟镇，才闹得镇上人尽皆知。那乡下婆娘是听到风声后连夜赶来的，一大早她把夏云堵在棉纺厂门口，在众目睽睽之下两个人打了一架。五大三粗的乡下女人干惯了体力活，胳膊伸出来有夏云的两倍粗，这一架打得夏云满脸开花、晕头转向，没捞到半点便宜，阿梁也被那婆娘扯着回乡下去了。整个过程当中，夏云不仅丢了脸，连工作也丢了，最后落了个"破鞋"的名声，她只能暂时收了她的泼劲，连着好几天躲在家里不见人。

镇上好久没有发生这样精彩的事故了，夏云的丑闻让人们兴奋不已，大家在茶余饭后反反复复地说了好久，什么难听话都有，甚至连夏花跟何春生也被拉扯进去了，有些人不怀好意地猜测，说何春生愿意跟夏花处对象，实际上是看上了夏云这个风骚的小姨子。这样的风言风语越传越真，竟然还有人跑去医院当面对何春生冷嘲热讽，何春生脾气这样好的人，有一回也被惹得急了，差点跟人动起手来。

这件事对夏花的打击很大，她那兴兴头头的劲儿一下子蔫了，才稍稍透出点红润的脸色又回到了惯常的苍白。也许是不想在路上碰见人，她来上工的时间更早了，进了工作间，只是低头坐着干活，不大开口说话，也不怎么敢抬眼看人。有时候来了外人找我姆妈说说话，她就坐立不安，她总觉得人家是在议论她们姐妹俩。后来何春生很突然地回三家村去了，夏花就更加无精打采了，包粽子的时候经常停下来发呆，眉心紧缩，不几天额头上就添了一把皱纹。

有一天夏花去河埠头洗粽叶，却忘了拿刷子，姆妈叫我给她送过去，我跑到河边，却看到夏花站在岸上发呆。我走到她身边，正要提醒她，就听到底下河埠头有人在说话，还提到了夏花的名字，原来三四个女人在河边洗碗，嘴里不停地聊着天。

一个细细的嗓音笑着说："阿玉姐你点子不准啊，那时还想跟夏花这样的人做妯娌呢，幸好她跟你哥的事没成。"

只听阿玉姐嗤笑了一声："我大哥会看上她？也怪我心软，看她可怜，想帮着撮合，哪晓得她好歹不分！她家的小妖精整天跟方家兄弟俩浪进浪出，做些伤风败俗的事，如今还跟人轧姘头，可见是上梁不正下梁歪，她妹子也是被她带坏的，我大哥能要她这样的货色！"

"说得是，夏花也好不到哪里去，听说她跟瘸子阿三有一腿，是男的喝了酒自己跟人说出来的。"另一个女人压低了声音说道。

一阵惊呼笑骂声。

"不大会吧？阿三长得那锉样，要勾搭也勾搭个像样点的。"

"除了这种烂人，像样的男人会要她吗？"细嗓音鄙夷地说。

这话却引来一阵安静。

过了一会儿，还是那个细嗓音阴阳怪气地说："嗳，你们说何春生是不是猪油蒙了心，好好的一表人才，竟然认真跟夏花谈起朋友来，真是抬举了她！"

阿玉姐忽然笑了一下，笃定地说："放心吧，何春生跟夏花成不了的。"

"这话怎么说？"女人们追问道。

阿玉姐故意停顿了一下，架不住另外两个女人不依不饶，她笑嘻嘻地回答："跟你们说吧，前些天我正好回三家村去，碰到何春生的老娘，说起何春生在墟镇的事情，老太婆听了气得差点昏过去，当场就叫人写信让何春生回去。老太婆说了，除非她死了，不然不会让夏花进他们何家的门！"

"是啊，又是二婚，又是寡妇，姐妹两个都不干净，正经人家才不会讨这样的女人做媳妇呢。"细嗓音满意地笑了。

另一个女人问:"那何春生怎么说呢?"

"他倒还想劝着他老娘,真是上赶着往自己头上戴绿帽子,铁了心要做活王八——可是有什么用?他老娘寻死觅活的,眼睛都差点哭瞎了。"阿玉姐冷哼着道,"要说夏花这女人晦气也是真的,还没嫁过去呢,就把何家搅得鸡飞狗跳的,真是扫把星!"

女人们还在唧唧呱呱地说着笑着,我看夏花的脸色越来越白,几乎跟白纸一样,她浑身抖着,连牙齿也在打战,格格直响,好像发了寒病。我怕起来,想要安慰她几句,夏花忽然转身走了,步子跟跟跄跄的,却仍然走得飞快,手里的篮子歪了,粽叶撒了一路,她也无知无觉。

那天夏花没有回我家干活,不知道去了哪里,后面几天也没有出现,自从认识夏花以来,她从来不会这样没有交代的,我爸妈都担心她不要出了什么事,去她家看看,却是铁将军把门,姐妹俩都不在家。

总过了有一个礼拜,夏花才重新来我家上工,但是看起来状态很不好,人瘦了很多,脸颊凹了下去,走起路来也轻飘飘的,经常呆呆怔怔,做事情丢三落四,原先一天能包六七百只小粽子,现在一半都做不到,遇到人跟她说话,她要半天才有反应。我姆妈猜夏花也许是大病了一场,这也难怪她伤心,看得比自己的命还重要的妹子出了这种烂污事,她跟何春生的婚事也没了下文,估计是要黄了。

很快从三家村那边传来消息,据说夏花曾经特地回了村里一趟,应该就是她没来上工那几日,她当着何春生老娘的

夏 花

面，斩钉截铁地回绝了何春生，话说得很重，没留半分余地。何春生人品是真的好，被夏花这样扫了面子，也没有说她一句不是，他把夏花送回墟镇，自己去医院收拾收拾，然后彻底回了乡下。

镇上的人听到这新闻后松了一口气，随即有人为何春生叫屈，骂夏花不知好歹，一个寡妇还敢挑三拣四，就算两个人要掰了，女人家也不该先开口；当然也有人赞成夏花的决定，说她还算有自知之明，免得最后克死何春生。

夏花再也没有恢复过来，没多久她就提出了辞工，她跟我姆妈说她再也做不动了，整个人好像被抽光了力气。虽然很舍不得她，但我姆妈看她样子实在病恹恹的，便答应了，告诉她要好好养身体，等好了再来帮忙。

六

我有很久没看到夏花，最后一次碰见她的时候，她正在跟夏云吵架。

那天我跟几个同学在桥头市集瞎逛，逛得累了，便在夏花家边上的小摊上吃馄饨，忽然听到一声尖叫，正是从夏花家里传出来的。我吓了一跳，周围好多人都停下来看，一阵哐哐哐哐的声响后，夏云从屋子里跑了出来，她穿着新崭崭的紧身牛仔裤，裤腿却已经被剪烂了，一条条破布挂在腿上，十分狼狈。夏云边跑边骂:"神经病!我阿姐就是个神经病!我再也不要回来了!"夏花追了出来,她手里拿着一把大号裁缝剪刀,拧着眉头,眼睛血红,苍白的脸上露出难得的凶相。她气喘吁吁地扯住夏云,厉声说:"只有不正经的女人才穿这种紧身牛仔裤,妖里妖气!你要是不换掉,我就跟你断绝姐妹关系!"

"断绝就断绝!"夏云也发火了,她用力甩开夏花的手,拔腿就走。

夏花没有追上去,她停在门口,冲着夏云的背影喊道:"你给我记牢了,这种裤子,你买一条我就剪一条——有本事你再也不要回来!"说完她没有朝任何人看,转身回屋,哐当一声,重重地把门关上了。

这是我最后一次看到夏花。

第二天就传来了令人震惊的消息,是阿玉姐特意来告诉我们的。我老远就看到阿玉姐颠颠地一路小跑,还没到跟前,她就用高亢的声音叫过来:"哎,李师母,你们知不知道,夏云被抓进去了!"及至进了屋,阿玉姐茶都顾不上喝,唧唧呱呱地说下去:"本来也没有事情的,但是昨天夏花跟夏云吵了一架,夏云被她阿姐赶了出去,就是那么巧,夏云跟方家的双胞胎兄弟出去玩,她就是帮他们传了一句话给那个小姑娘,叫她去树林那边碰头,结果呢,后来小姑娘去派出所报案说双胞胎强奸她,这下相关的人都被抓进去了。也是夏云平时不检点,交的朋友都不是正经人……"

"方大伯的两个孙子也被抓了?"我姆妈很吃惊。

夏　花

"是啊，方大伯人都不行了，自己把摊子砸了，这会儿赖在地上，哭得跟条老狗一样！"阿玉姐啧啧连声。

"那夏花呢？"我问。

"她？这我倒没有注意。"阿玉姐不以为意，继续跟我姆妈絮叨昨晚发生的各种细节，隔壁几个叠元宝的老太太闻声也走过来，一起讨论这桩稀奇事。

阿玉姐认为自己是夏家的远房亲戚，是最有发言权的人，她正气凛然地说："夏云这种不三不四的女人，是应该抓起来好好教育，俗话说三岁看到老，她从小就不安分，长大了乱搞男女关系，还打扮得流里流气，这种人不给她点苦头吃吃，镇上的风气都要被带坏了。"

"是这个道理！"老太太们纷纷赞同。

"夏花不会想不通吧？"我姆妈很是担心。

阿玉姐冷笑一声，仿佛对我们连续提到夏花很不满意，她鄙薄地说："她要是有这个骨气去寻死，我倒还佩服她！她就是个扫把星，走到哪里就带衰哪里，当年就是被三家村的人赶出来的，如今最好她能离了墟镇，到底晦气的！"

"对呀对呀，最好她离了墟镇，到底晦气的。"老太太们也跟着说。

后来夏云成了墟镇唯一一个因为流氓罪而被判刑的女人。判决下来后，不少人专门跑到桥头市集去，想看看夏花什么反应，但是连着三天，夏家那间小房子的门关得紧紧的，屋子里没有发出一丝声响，大家也不知道夏花究竟在不在里面。到了第四天，门上多了一把大锁，镇上的人从此再也没有见过夏花和夏云。

很久很久之后,我走过市集,看到夏花的那间小房子还在,白墙黑瓦似乎没有变化,只是原本鲜红的窗花发了白,门上的锁也生锈了。

莫莉的婚宴

一

　　这天倒是一年中最好的日子。初秋的太阳光薄而透，洒落在运河边的小镇上。河滩的空地里杂草疯长，两个工人大清早在那里推着剪草机来来回回，空气里全是被剪碎的青草味。

　　趁着好天气，镇上的人都出来了，桥头的小广场熙攘得不像话，到处是庆祝国庆五十周年的红旗和标语，连戏台下一时也站满了人。那座木头搭建的古戏台，平时只有老头老太在上面唱唱越剧，今天竟然有个老花旦装扮严整，一丝不苟地在台上演着昆曲，唱是唱得悠扬动听，毕竟上了年纪，扮相差了些。不一会儿，底下的人便不耐烦听了，人群如潮水一般涌过，留下几声嗤笑："看她的腰身，水桶一样粗，还装小姑娘呢！""咿咿呀呀的，不知道唱些什么！"

　　这个桥头广场历来是小镇的中心，自从周围开了几家装修豪华的饭店宾馆之后,更是热闹非凡。镇上的人好面子,但凡家里逢着红白喜事,惯例是要到这里来找一家店待客的。这一天结婚的人尤其多,光是婚车就停了两条街,震天响的炮仗声此起彼伏,没有一刻安静。

然而作为镇上曾经名噪一时的美人,莫莉的婚宴并没有办在这里。

莫家的一群客人穿过桥头广场,在几条小弄堂里拐来拐去,花了好一番周折找地方。一路上闲话自然是少不了的,深知内情的邻居大娘絮絮叨叨,为新娘子莫莉抱不平,她说男方家里出了名的抠门,明明是娶媳妇,但为了省事坚持两家合并在一起办酒席,说到底还是因为没有钞票,更可气的是一个人手都不出,全是新娘子家里忙前忙后。讲到最后邻居大娘摇头叹气:"莫莉这姑娘可惜了的,长得那么漂亮,人又爽利,偏偏碰上了这么一份人家。"

有人冷笑一声:"再漂亮也是三十岁的老姑娘,人家男方还觉得自己吃亏了呢。"噎得邻居大娘说不出话来。

说话间正好走出小弄堂,一群人抬眼就看到了路边那家灰扑扑油腻腻的小饭店,一副要倒闭的样子,要不是二楼窗台上挂了"百年好合"字样的横幅和两只瘪塌塌的红气球,还真不像是办喜事的地方。众人一阵静默,半晌又有人笑了笑,说:"这样冷清寒酸,一点也不光明正大,不晓得的还以为是二婚哪!"

时间早着,新娘子新郎官还没到,饭店门口只有新娘的父母亲在张罗着。心里尽管嘀咕,大家见了面,还是客客气气地打招呼。邻居大娘亲亲热热地摩挲着莫家姆妈的手，自以为贴心地跟她咬着耳朵说体己话："照规矩呢有些排场是不大对，毕竟你们家莫莉是头婚，黄花闺女出嫁，礼数不能少的，当然现在也没有老底子那么讲究了，就是男方家太不懂道理，你们操持起来太吃力了。"

莫家姆妈原本堆了一脸笑迎着客人，听了这话脸色便不大好看，想想到底是大女儿的好日子，不好翻脸，只拿眼睛使劲瞅二女儿。莫家小妹老早成了家，如今正怀着身孕，家里实在缺人手，也只得来帮忙，当下挺了大肚子走过去，很有眼色地把人往饭店里面让，偏偏邻居大娘拉着莫家姆妈不肯放手，还要唠叨。忙乱中，远远的听见有人喊了一嗓子："快点快点，新娘子来哉！"话音刚落，便有人点燃了百子炮，小炮仗噼里啪啦炸得开了花，破败的小街上总算多了几分喜庆。

二

众目睽睽之下，一辆黑色的小轿车慢悠悠开了过来，挡风玻璃上虚虚贴着的大红"喜"字随着车子的颠簸抖动着，好像随时要掉，看得人心惊。路边凑热闹的小孩子拉着大人连声发问："怎么只有一部车子？车头上怎么没有花和洋娃娃？等下有没有喜糖分给我们吃？"也没人理他。

墟镇回忆录

　　小路狭窄，车子没到饭店门口就停了，一个矮胖的中年男人抢先跳下车，利索地把竖立在车头的银色车标转了下来，然后板着脸回过头去跟车里的新郎官小范说话。紧跟着新娘子莫莉自己打开车门走了下来，也不等新郎官，自管自走到饭店门口，笑嘻嘻地跟众人解释道："今天帮忙开车的是小范的亲舅舅，市政府里的车子，领导格外照顾让他开出来的，这么高级的车子到了我们这曲里拐弯的乡下地方，碰到擦到还好说，要是车标被不懂事的小孩子拔了撅了，回去就不好交代了——难怪他紧张。"

　　三言两语说清楚了，莫莉按惯例站到饭店门口迎宾客，有些来得早的客人不愿意进去傻坐着，都拥在门口聊天看新娘子。

　　莫莉已经三十岁了，这个年纪才出嫁，在镇上就是个笑话。但美人到底是美人，就算大了几岁，姿色还是在的，她站在人群里，瘦而高挑的身形格外醒目。今天结婚的人虽然多，要是比新娘子的好看程度，还真没有能盖过她的。大家好奇说莫家的人都长得平平淡淡，怎么到了莫莉这里，一样的眼睛鼻子，却如雕如琢非常鲜明。今天她打扮了一番，更加好看了：浓密厚重的头发全部拢在脑后，盘着发髻，衬得一张鹅蛋脸越发白皙丰美，眉毛镊得细细弯弯，水汪汪的杏眼顾盼有神，十分艳丽。然而几个多事的老太婆吹毛求疵，窃窃私语讨论说漂亮是漂亮，就是保养得不够好，仔细看新娘子的眼角都有几条皱纹了。

　　莫家小妹迈着八字步走过来，朝她阿姐脸上看了看，悄声说："姆妈不是叫你找个化妆师跟着吗？这还没到中午，你看看睫毛膏也晕开了，口红也脱色了。"

莫莉笑道："我又不是自己不会化妆，叫个化妆师跟一天又是一笔钱，反正就是补补粉涂涂口红，没得被人占了便宜！"

莫家小妹无话可说，伸手替莫莉整了整头纱，又恨铁不成钢地数落她阿姐："你是从哪里租来的婚纱，怎么灰塌塌的？当初还不如听姆妈的话，做身红旗袍来穿更喜庆。好歹是个大日子，你也太不讲究了。"莫莉自己并不以为然，不过是穿一天，这件白色婚纱，远远看着还是不错的，当然经不起细看，毕竟才一百块一天从照相馆里租来的，多少人穿了又穿，清洗得不及时，裙摆上沾了灰尘，还有几个黑黢黢的鞋印，也不知道是早就在的，还是今天早上才踩上去的。

她瞥了小妹一眼，半真半假地笑骂道："你呀，真是皇帝不急太监急，难道谁还会爬到我身上来看，差不多过得去就行了。"

这时候新郎官小范慢吞吞下了车过来，小伙子长得倒还周正，高高壮壮的，穿了一套黑西服，衣裳绷得太紧，显得他整个人厚实庞大得像一块门板。他看着莫家二老叫了一声姆妈阿爸，就站到莫莉边上再也不吭声了。莫家阿爸点点头没说什么，莫家姆妈却是一脸不高兴。

莫莉在心里冷笑，她晓得姆妈对这个女婿是不满意的，嫌弃小范木讷，三拳打不出一个屁来，不管做什么都慢半拍。她姆妈编派说这是因为寡妇带大的缘故，还说小范他那个娘，出了名的泼辣蛮横,在一群丝厂女工里吵起架来是从来不输的,好听点的当面叫她一声范大嫂,难听的背后给她起个绰号叫老茄子,就是说她难搞!前两天莫家姆妈还故意当着她的面叹气,说做娘的太伶俐了,儿女就弱,果然这老茄子生个儿子反倒闷头闷脑的,年纪也不小了,还在厂里做三班倒的工作,连个常日班都混不到,还没有房子,结了婚也要跟他娘住在一起。

她当时回说:"只要人好就行了,不够钱买房子,难道叫小范去偷去抢吗!"气得她姆妈直嚷头晕。也难怪,她姆妈是个不服输的女人,样样事情要力争做得比别人好,洗件衣裳都要跟人比一比谁的更干净,逼得全家人跟着她要强,总算莫家阿爸做了车间主任,小妹也嫁得不错,让她脸上有光。莫莉抬手摸了摸发髻,心想:只有她,全家只有她是不让姆妈省心的。她不止一次听到姆妈跟要好的姐妹妯娌抱怨,说大女儿小时候明明蛮乖的,从不忤逆,不知道为什么,越大越不听话,大人叫她往东,她偏偏要往西。她姆妈说着说着就管不住嘴,每次都要翻从前的老账,说莫莉高中毕业后找的工作,都是靠她阿爸舍出一张老脸求来的,可是没有一份工作做得长,从五金店换到自来水厂,又从厂里换到公路收费处,到最后都是被人回报掉的,如今只好帮她在菜场边上寻个小店面卖衣服,对象也谈了不少,挑挑拣拣许多年,年纪越来越大,名气越来越差,高不成低不就,眼看着过了三十大关,最后将将就就挑了这个肯跟她结婚的。

反正就这样吧!莫莉嘴边挂着冷冷的笑,她都混到这个地步了，难道姆妈还要指望她成龙成凤吗？

那群来早的宾客中有几个是相熟的，莫莉跟他们打趣说笑着，突然间莫家姆妈凑到她耳朵边，气急败坏地问："怎么你们两个人都没戴戒指？"

如今办喜事流行叫一个司仪来主持，到时候台上有一套仪式，要父母讲讲话，新郎新娘交换戒指，他们家是把这一套都省了，请大家吃一顿，能把这些年送出去的份子钱收回来就好，仪式不仪式的也顾不得了，所以前一天莫家姆妈千交代万交代，要莫莉他们不要忘了提前戴好戒指过来。

莫家姆妈压低了嗓子训斥道："今天是正日子，你们两个手上光秃秃的，像什么样子？不是给了你们买金戒指的钱了吗？"

莫莉不耐烦起来，口气有点冲，面上却还挂着笑："那点钱够什么用，房子不装修就算了，房间里新的家具眠床总要买的。还剩得下钱来买戒指？算了算了，你就不要管了，这种小东西，反正也没有人会看得那么仔细。"

莫家姆妈气得发抖，连声说："我不管行吗？我不管你们就乱来！"

莫莉根本不当回事，莫家姆妈没法子，走到角落里去当场拆了几封红包，悄悄把钱递给小范，叫他临时跑去桥头广场的金店里去买两只戒指回来。

这场喜事，不合规矩的地方多了，这么尴尬的事情，大家看到了也当没看到。

莫莉看着小范颠颠地跑远，笑着跟她小妹说："他走开了也好,我一个人站着还像样些,省得我们俩一个穿黑一个穿白,站在一起像煞了黑白无常。"说得刮辣松脆,周围听到的人都笑起来。

旁观的人看得稀奇,背转身说老姑娘就是老姑娘,见的世面多了,不比那些羞怯怯的小丫头片子,抹不开脸。只是这对新人,新郎官锯嘴葫芦似的,新娘子却俏皮话一套一套,嘴巴真当厉害,可是到底不够庄重,让人看不起。

三

客人们陆陆续续来的多了,莫家两老忙着招呼他们入座,又要跑前跑后地看着各处是否妥当,只留下莫家小妹陪着莫莉,专门负责把红包收起来。这趟办喜酒请的人并不多,不过是双方的亲戚邻居,加上新郎官新娘子的一些朋友。其实跟莫莉差不多大的年轻人,稍微出息点的,也不留在小镇上了,今天能够从外地赶回来吃喜酒,也是因为当初有往来,道理上这点人情账是要还的。

不多久莫莉的婆婆也来了。这只老茄子来得迟了,一到就甩脸色,因为看到儿子不在饭店门口,以为是被莫家姆妈故意支开的:门口只有女方的人,前面的红包当然都被他们收了去了。

莫莉见她婆婆脸拉得老长,难看极了。她是真有点可怜这老太婆，小肚鸡肠地算计了一辈子，也没攒下几个钱，反而弄得亲戚们都不跟她来往了，今天这样的大日子，新郎阿爸那头的亲戚一个都没来——当然莫莉心里觉得不来最好，不然她还要赔着笑脸一个个应酬他们——只来了一个老茄子娘家的兄弟帮忙开婚车，这还是千求万求的结果。就这么一户让人看不上的人家，老茄子还觉得莫莉高攀他们了，话里话外总说想当年他们范家有多么风光，镇上差不多的铺子都是他们的，莫莉能够嫁到范家，不知道多有福气。

今天老茄子算是精心收拾过了，一件大红外套，配紫色的裙子，颜色搭配得怪里怪气，衣裳看上去新崭崭的，式样却不知道是哪个年代的了。

莫莉笑吟吟地说："妈你今天这身衣裳真漂亮，衬得你气色格外好，又喜气又年轻。"

莫家小妹也顺嘴说了几句好话，老茄子一张马脸憋不住露出些笑意："老都老了，哪里漂亮，还不是人逢喜事精神爽，要不是今天你们大喜的日子，这两件衣裳我还舍不得穿呢！"

差不多到正午了，小范还没有回来，莫莉跟她婆婆商量，要不先进去算了。正迟疑间，又有几个客人姗姗而来。被人拥簇在中间的是一个极肥壮的女人，老茄子一眼瞥见，惊呼道："我的个娘喂，一个女人家，吃什么把自己吃得那么滚壮！"等走近了细看，那女人就更加显得吓人，天已经转凉了，她却只穿了件五彩斑斓的丝绸连衣裙，薄薄的花绸布裹着的那一身松垮垮颤巍巍的肥肉，随着她的步子不停地晃动哆嗦，人胖偏又打扮得珠光宝气，珍珠项链金耳环金手镯，越发让人觉得她份量沉重。

一时间大家都看不出她的来头,女人先笑起来,冲着莫莉说:"我是陆丽珍呀,小时候住在你家隔壁的。"

原来那几个都是莫家从前的老邻居。

莫莉接过她递来的红包,反手交给小妹,另一只手跟陆丽珍紧紧握着,笑道:"这可有年头没见了,你如今越发气派了。"

说起来,陆丽珍跟她还是从小的同学,当年可是样样都不如她。小时候陆丽珍家里条件不好,父母忙于工作也无暇管她,随她有一餐没一餐的,饿得她面黄肌瘦,细胳膊细腿,一副发育不良的样子,连带着头脑也不好使,学习成绩年年垫底,好几次被老师戳着额头骂"榆木脑袋不开窍"。莫莉正好相反,莫家姆妈向来把她管得一丝不乱,吃饭睡觉穿衣学习,哪样都不能出错,她自己也聪明乖巧,任何东西一学就会,不费什么劲就能考到班级前几名,老师们也喜欢她,小学里出风头的事,上台给领导献花、大合唱领唱、升国旗,都有莫莉的份,不外是因为她长得好看,讨人喜欢。莫莉记得那时候陆丽珍成天跟着她进进出出,被人欺负了只晓得哭着喊她,靠她帮忙出头,简直就是她的跟屁虫。

莫莉看着眼前这个陌生的臃肿富态的陆丽珍,一时想不起来两人是什么时候开始疏远的。大概是初中以后吧,陆丽珍用功起来了,放暑假同学们都跑外头拆天拆地玩闹,她一个人吭哧吭哧窝在家里做题目,人熬得更瘦了,当时莫家姆妈刻薄过她,说:这个陆丽珍,本来就长得矬,这下更像街上的癞皮狗，瘦得只剩一把骨头。结果中考时两人都考上了县城的高中，陆家大人巴不得赶紧让陆丽珍滚去县城，省得天天杵在家里碍眼，但是莫家姆妈想得不一样，她死活不肯让莫莉到外地去读书，闲聊时她掏心掏肺地对隔壁邻居说："你们是晓得的，我培养出这么优秀的一个女儿多少不容易啊，放到外头去，没有我在边上看着管着，我怎么能放心呢？一旦学坏了，就是一辈子的事情，你们说是不是这个道理？"为了莫莉读书这事，莫家亲戚里有见识的人特意写了一封长信劝说莫家姆妈，言辞非常恳切，然而莫家姆妈到底舍不得，按照她的想法，读书都是靠自己的，不管在哪所学校，只要自己上进，结果都是一样的。莫莉自己倒没有意见，那时候她还十分听话，凡事都由着姆妈阿爸替她做主。然而镇上的高中学风实在太差，多数学生打游戏的打游戏，谈恋爱的谈恋爱，就是没有好好读书的心思，高考时莫莉所在的班级全军覆没，气得莫家姆妈直跳脚。倒是陆丽珍，在县城高中勤勤恳恳学了三年，最后考上师范学院，毕业后就在县城当了老师。

这时多事的邻居大娘夹七夹八地插进来说："嗳，你们晓得丽珍的老公是谁吗？"

这个大家倒真不知道，都看向陆丽珍。陆丽珍只管抿着嘴含蓄地笑，摆摆手不说话，胖乎乎的手指上一只大钻戒晃得人眼花缭乱。

邻居大娘讨好地介绍说："丽珍的老公是教育局的局长，哦是副局长，不对不对，就是局长，以后你们家里儿子女儿读书，都要归她老公管的！"

在一片恭维声中，陆丽珍细声细气地对莫莉说："我们家老朱你大概也认识的，他本来是在镇中里教语文的。"

莫莉"哦"了一声，想起来了，原来就是那个被学生戏称为"猪大郎"的朱老师，人长得矮墩墩肉鼓鼓的，但脾气挺好，人家曾经给她做过介绍，莫莉看在介绍人的面子上，跟他出去过几次。朱老师对她蛮好的，收入不高，但肯为她花钱，吃饭买衣裳都不在话下，尤其懂得讨好未来的丈母娘，有阵子只要单位发了米面油之类的东西，他都送到莫家去，哄得莫家姆妈心花怒放。莫莉记得那时候给她做介绍的人很多，条件好的相亲对象也有不少，但是莫家姆妈最中意这个朱老师，理由是小伙子老实本分，人品好是第一，又有一份稳定正经的工作，一年还有两个假期，可以照顾好家里。莫莉硬是不肯，任凭她姆妈说破了嘴也不管用，最后竟赌气跟厂里一个做临时工的小年轻谈起了恋爱。莫家姆妈气个半死，足足骂了莫莉有大半年，骂她没脑子，挑男人只晓得看一张脸。最后的结果当然不大好，那小年轻拖了好几年不肯结婚，末了拆开时还硬是向莫莉要了一笔分手费。至于朱老师呢，只听说他因为一笔字写得好看，被县里的领导看中了，后来去做了公务员，不几年工夫就爬上去了——只是没想到他跟陆丽珍成了一对。

寒暄几句后，莫莉笑盈盈地把人往饭店里让，待众人走远了，她还没来得及说话，她婆婆先感慨起来："这女人哪，做得好不如嫁得好，谁能想到这么一个圆滚滚的肥婆娘，居然是个官太太呢！"

新郎官小范终于回来了，跑得气喘吁吁的，白衬衫领子都被汗浸黄了，他跟莫莉说莫家姆妈给的钱不够，他找了好几个地方，才买到这两只薄一点的金戒指。莫莉二话没说，拿起那只小一点的，自己套到了手上。

四

婚宴终于开始了。莫莉坐在主桌，她背后的墙上挂着一块暗沉沉的红色丝绒布景，柔腻垂顺的布料，经年累月地挂着，连同上面的"囍"字，全都脏了旧了，有一种不易被人察觉的凄凉。然而婚宴上并没有人在意这些细枝末节。室内低矮逼仄，光线不好，饭店老板开了灯，晕黄的灯光下，宾客们挨坐在一起，高谈阔论的说话声，碗筷交错的叮当声，伙计上菜的吆喝声，夹杂在一起，在肉香四溢的厅堂里，还是有种闹哄哄的喜气。

主桌上坐的都是莫莉从前要好的小姐妹，双方的家长却跟上了年纪的亲戚邻居们坐在一起，这又是跟规矩不合的，不过招待起来方便，大家也不理论了。

正吃得热闹，莫家姆妈走过来推小范："今天你是新郎官，没有仪式就算了，还是要到前面去讲两句话，跟大家交代一下。"

老加于难得跟莫家姆妈一样心思，也过来帮腔："这倒是应该的。"

莫莉看看小范一脸别扭不情愿，心想这可真难为了他。她站起来说："我去讲吧。"

莫家姆妈不依："这应该是男人的事，你一个女人家动不动就出头，惹人耻笑！"

莫莉"啧"了一声："多大点事，也值得你计较！"说着她拉起小范走到红丝绒布景前，拿起话筒笑吟吟地说："大家先停停筷子啊！今天是我跟小范办喜事的好日子，劳烦各位四面八方赶过来，都是自己人，其他客气的话也不多说了，我们给大家鞠个躬，谢谢大家来捧场！"小范涨红了脸，一句话都说不出来，只管老老实实跟着莫莉弯腰。莫莉直起身，顿了顿，又接着说："没别的好招待的，都是本地菜，就图吃个落胃，大家吃好喝好！"满屋子嘻嘻的笑声回应她，唯独莫家姆妈黑了脸，莫莉也不理会。

莫莉和小范回了主桌，菜还在络绎不绝地上来。小饭店上菜没个章法，照理应当先摆冷盘，再是头菜，接下去依次汤羹、热炒，最后才能上蔬菜和主食，结果乱七八糟全部一起摆好了，有全鸡全鸭、鳗鱼肉丸，都是实敦敦的大菜，面子上倒也过得去，忽然上了一盘炒腌菜，大家都怔了一下。同桌的阿春向来愣头愣脑，没绷住问了句："怎么腌菜都上席了？"声音不大，也足够让大家听到。莫莉笑道："这道菜有个名堂，叫雪里蕻，最解油腻的。"陆丽珍笑着夹了一筷子，说："这话有道理，最近酒席吃太多，动不动龙虾海鲜的，倒是这一碟子腌菜，吃起来最爽口。"

"还是你们两个最懂得吃。"其他人都笑起来。阿春还在嘟嘟囔囔："我倒是想吃螃蟹龙虾，可惜连壳都没有看到，我老娘还嘱咐我，要是有螃蟹先拿一只放着，不要只顾剥壳，别的菜会来不及吃。"

这个阿春是莫莉高中时候的同桌，最是贪吃的，莫莉瞟她一眼，也不同她计较。莫莉想起那时自己和安明谈恋爱，阿春最喜欢跟着他们，说是帮他们打掩护，其实还是因为安明很好说话，买吃的总会多带一份给阿春。算起来，安明比她大不了几个月，但他初中毕业后就去厂里工作，混了几年，看起来比她们这些做学生的要稳重老成些，他跟着朋友去学校里玩，莫莉跟他就这么认识了。那阵子安明经常在学校门口等她放学，她一出校门就能看见他坐在脚踏车上，两脚跐地，白衬衫被风吹得飘飘忽忽，清瘦又安静。他们有时候去郊外偷挖农民地里的番薯，有时候去录像厅看香港电影，安明一部脚踏车带两个女孩子，莫莉坐在前面横杠上，阿春坐在后座，路过小店，安明会停下来买雪糕给她们吃。莫莉最喜欢去镇外的牛奶场，那一带人不多，春天野地里开满黄色的小花，天气再热点还能在草丛里找到野果，安明有一只收音机，调好了能收到软绵绵的情歌，然后安明躺在草地上，听莫莉和阿春坐在边上讲话，有时候他们也带些吃的，三个人就在那里野餐。

安明家里并不富裕，他自己也就是个临时工，但莫莉不嫌弃他穷。在她年轻单纯的头脑里，只要日子能过下去就行了。她想着等她高中毕业了，出去找明工作的厂里找份事，然后就近租个小房子，每天早上让安明骑脚踏车带她去上班，下了班两个人一起去菜场买点小菜，回家烧饭吃。这些想法她也跟安明说了，安明微笑地听着，那种温柔和气的神情，莫莉一直都记得。

　　后来他们的事还是被家里人知道了，莫家姆妈恨极了，直骂莫莉是个不知廉耻的东西，小小年纪就学人谈恋爱，丢尽了老莫家的脸。她用鸡毛掸子结结实实抽了她一顿，打得莫莉哭天喊地，她还差点拉着莫莉去找安明的家长要说法，被莫家阿爸好说歹说拦住了。从那以后，莫家阿爸被支使着天天去学校门口接莫莉放学，一路上遇到的熟人尽打趣莫家阿爸："这么大姑娘了还要管接管送，闺女长得太漂亮了就是不省心啊！"都当成笑话说。独独邻居大娘很赞成莫家姆妈的做法，她义愤填膺地说："小孩子不听话就是要打，不然会闯大祸！已经开始严打了，镇上抓进去好几个小流氓呢，都是有爹生没娘教的，所以说家里管得不牢，是要出大事情的！"

　　但是防得再紧，也有松懈的时候。有一天莫家姆妈阿爸出去访亲戚，莫莉没人管，又和安明偷偷见了面。他们跑到镇外的桑树林里，有几个礼拜没见着，两人有说不完的话。晚上有点凉，莫莉穿得单薄，安明脱下外衣给她披上，莫莉闻到衣服上有熟悉的香烟的味道。夜晚的月光很好，一切都像泡在水里那样干净透明，安明的眼睛特别黑亮，他虚虚地搂着莫莉的腰，低头笑着听她讲话，他笑起来总是带点腼腆，

莫莉的婚宴

脸颊上有一只深深的酒窝。

莫家姆妈阿爸是突然出现在桑树林里的，莫家姆妈劈手辣辣地给了莫莉两记耳光："不要脸的东西，连男人家的衣服都穿上了！"她把安明的外套扔到地上。莫莉被押着回家了，她坐在阿爸的脚踏车后面，回头看了看，安明跟了几步，又停了下来，静静地站在路边的香樟树下，路灯昏黄的光线透过树叶缝隙落在他身上，斑斑驳驳的，他的白衬衫被风吹得飘飘荡荡，显得他格外消瘦孤单。朦胧的夜色里，莫莉好像看到安明朝她笑了笑，但是阿爸把车子骑得飞快，忽的拐了弯，莫莉眼前一下子就没了安明的身影。

连着好些天，莫莉都看到她姆妈气势汹汹地拉着阿爸出门，也不清楚他们是去做什么，后来她就再也没有见过安明，安明一家也从镇上搬走了。很久之后莫莉才听说，那些天她姆妈阿爸叫了亲戚们一起去安明家里闹，结果双方动起手来，安明失手把莫家一个亲戚打伤了。莫家姆妈因此不依不饶，告到派出所里，联防队的人又作证说那天晚上亲眼看到安明在树林里对莫莉搂搂抱抱，两桩事情加在一起，最后安明被判了刑，送去劳改了。

自那以后，莫莉有好长一段时间不大讲话，放学就回家，做完作业后只对着窗口发呆，谁也不知道她在想什么。莫家姆妈很是安慰，她跟人聊天，拍着胸脯舒心地说："除掉了这个祸害，这下总算安耽了！"至于莫莉老是呆笃笃的，莫家姆妈也不担心，她说："有什么大不了的，小孩子嘛，时间长了自然就会好的。"

但是高中毕业后过了两年，莫莉还是不找对象，莫家姆妈又着急了，到处拉人给莫莉做介绍。莫莉每次都很配合，却没有一个谈得长，慢慢的，介绍人都在背后说觉得她是仗着自己长得好，挑三拣四，莫家姆妈再三为女儿辩白也没有用，总之，莫莉这个名声是传出去了。

"阿姐，差不多好去敬酒了。"莫家小妹提醒道。

莫莉点点头，她整了整婚纱，突然发现左边的假睫毛掉了一半下来。她也是一时糊涂，用手按住假睫毛，顺口跟坐她旁边的阿春商量："对面的化妆品店有专门的胶水卖，阿春，你帮我去买一瓶过来吧？"

阿春正撕扯着鸡腿，想也没想劈头回说："我可不去，我还没吃饱呢！"同桌的其他人也只顾埋头苦吃。

莫家小妹看不下去，起身说："我去买吧。"她挺着大肚子走过莫莉身边，睨了她一眼，那意思很明白：你看看你交往的这些小姐妹！

五

莫家小妹很快就回来了，连声催她阿姐赶紧收拾。小饭店没有专门的房间给新娘子换衣服补妆，只在角落里用布帘子围出一块地方当更衣室，莫莉独自进去补好妆，却不着急出去，她甩下两只高跟鞋，倚着窗子歇了会儿。

窗外的小街上，两边种着高大的香樟树，湿漉漉的黑色枝干，碧绿轻盈的树叶，在碎金般的阳光里鲜明如画。一群会，时而在斑驳的树影里，时而在明亮的阳光下。这落后的江南小镇，多少年了，并没有太大变化，粉墙黑瓦，河道曲折，走在路上人们都彼此熟识，只有香樟树逐年生长，缓慢而准确地记录着时间的流逝。但那个曾经站在树下的温柔清秀的少年，却再也没有回来。

莫莉出神地看了一会儿，她想着要是当年她去了县城高中，也就碰不到安明了，只要稍微努力一点，不管中专大专，她大概好歹能考上个学校，多读几年书，在同学里认识个人，顺理成章地谈恋爱结婚生子——这大概是小镇上的人们所能想到的最合乎理想的一生了。

莫莉推开窗子，轻柔的风吹了进来，带着阳光和青草的气息，好像情人温柔的拥抱，妥帖入怀，丝丝入扣。

莫家小妹掀开帘子望进来，风风火火地问："你到底好了没有？都等着你呢！"

莫莉连忙穿上鞋子，回说："好了好了，不要催命鬼似的。"她快步往外走去，放下布帘的刹那又忍不住回头看了看窗外，她顿了顿，想说什么又说不出来，最后她笑了笑，说："今天的天气倒真是好。"

被嫌弃的

一

很多年之后，只有陆家辉还记得陈阿娣。

在他们居住的九号墙门里，有一棵香樟树长得特别高大，树干黝黑，树叶碧绿，大太阳的日子，也只有一些细碎的阳光透过缝隙幽幽落下，树底下依然阴凉彻骨。墟镇到处都是香樟树，但是这么大的却是非常少见。那一年，知青全部返城了，有几个回来的年轻人嫌这棵树碍事，又挡了阳光，要砍了它，被几个老人拦住了，老人们说香樟树最有灵性，这棵树不知道长了几百年，砍了它，坏了风水地气，只怕整个墙门的人都要倒霉。

香樟树被保留了下来，各家在树底下搭起了水泥洗衣台，夏天在树下洗衣服做点活计还是很凉快的。水泥台搭得高高低低、七零八落，其中陈阿娣家的洗衣台搭得最低，一来是因为她妈长得特别矮，另外搭得低点，也好让家里的小孩子帮着大人干活。陈阿娣的爸爸陈三出了名的不讲究，洗衣台基座的红砖垒得歪七扭八，十分扎眼，陈三大大咧咧地说："搭得那么牢做什么，又不是要住在里面，只要不塌下来就好。"这座歪歪扭扭的洗衣台像极了陈家在墙门里的样子，处处低人一等，被人看不起。

　　陈阿娣只有五岁，喜欢猫在自家的洗衣台下，一待就是半天。从外面看进去，她这个人好像一堆被扔在角落里的破烂，扁扁的面孔，塌鼻子，稀疏倒挂的眉毛下一双细长的小眼睛，嘴里总在嚼着什么。除了跟她同年的陆家辉，没有人愿意跟她玩，陈阿娣因此格外讨好陆家辉，看到他就会露出怯怯的笑容，问："陆家辉，你要吃花生米吗？"说着摊开一只乌黑的小手，手里有几粒回潮的花生米。

　　水泥台板下垫着两捆稻草，是用来给鸡下蛋做的窝，陆家辉和陈阿娣经常并肩坐在稻草上，玩剪刀石头布。有一回他们才刚蹲到洗衣台下，就听到陆家辉的妈妈张雅珍一路喊过来："陆家辉，陆家辉，一眼没见，死到哪里去了！"陆家辉跟陈阿娣偷偷捂着嘴笑，看着张雅珍的黑皮鞋咯噔咯噔越来越近。蓦地张雅珍气急败坏探头钻进洗衣台下，一张大脸涨得红红的，眼睛瞪得溜圆。陈阿娣吓得尖叫一声，跳起来头撞到水泥台板上，顿时肿起一个大包，她扁着嘴要哭不哭的，张雅珍却正眼也不看她，一把拎着陆家辉的衣领把他拖出去，边走边骂："哪里去搞得一身灰，怎么讲也不听，叫你不要跟着陈阿娣，你是不是听不懂人话！"陆家辉摇摇晃晃迈着两条短腿跟在张雅珍身后，他不时回头，看到陈阿娣仍然坐在原来的地方，眼泪还没有干，嘴巴却又开始咀嚼起来。

张雅珍长得高大丰美，是个爽利女人，她最看不起陈三一家，说他们全家没一个好东西，大的懒，小的馋，全家都不着调，就是一群讨饭坯子，她不喜欢陆家辉跟陈阿娣在一起玩。

也不怪张雅珍难弄，墙门里的人都说，陈阿娣的家里人，确实都摆不上台面。

陈三一家不是本地人，大概是陈三爷爷那一辈上，从江北逃难过来的，墙门里的人都叫陈三为"江北佬"。陈三特别喜欢喝酒，不管什么酒，只要喝上两口，鼻子就潮红光亮起来，鼻头布满红点血丝，鲜艳欲滴，远远看去，陈三瘦小的脸上只剩下一个硕大的鼻子，所以有人也叫他"红鼻头阿三"。在百货店上班的张雅珍消息灵通，据她说，原先陈三上头还有两个哥哥，但是因为家里太穷了，都没能养大，这个陈三从小就会偷鸡摸狗，大概因为这样才没有饿死，后来顶了他阿爸的职，去骨粉厂做工人，赚的工资都被他喝酒喝光了，现在一家好几口人，窝在九号墙门最破最小的一间房子里，也不知道拾掇拾掇，叫人看不上。张雅珍话里话外透着对陈三的不屑，但是陈三却格外喜欢找张雅珍搭讪，经常一口一个"雅珍"，觍着脸没话找话，张雅珍从来没有好脸色给他看。有一回陈三当着张雅珍的面，抱起陆家辉掂了掂份量，故作大惊小怪地说："雅珍啊，你儿子好像越长越小了！"张雅珍冷冷地回他一句："你妈养的儿子才越长越小呢！"不光对张雅珍这样，但凡看到一个齐头整脸的女人，陈三就喜欢说些疯话，过过嘴瘾也好的，但人人都说这也难怪陈三，因为陈三的老婆马银花实在长得太难看了。

干瘦矮小的马银花单是长相就矮人一截：一张扁平的脸上满是黄褐色的斑块，盖住了原有的五官，让人看了也记不住她的长相，只有两条倒挂的眉毛十分鲜明，像刚学毛笔字的小孩歪歪扭扭写的"八"字，显得她成天愁容满面，笑起来也像是在哭。马银花自己也知道墙门里的人看不起她，所以她格外地要跟人亲热，经常找机会上赶着跟墙门里的人套近乎。有时候看到大家都在香樟树下洗衣服，说闲话说得高兴，她也拿把大竹扫帚扫着地凑过去，跟人家没话找话。自然是没有人搭理她的，她赔着笑说："你们看看，这棵香樟树一到五月里就落叶子，我来帮大家扫扫干净。"她的大竹扫帚贴着人的脚后跟扫过去，引起一片嫌弃的啧啧声，她也不知道停手，后来被人一阵喝骂，她才眯缝着细长的小眼睛干笑两声，讪讪地走开了。

有人朝着她的背影恨恨地说："真没眼色，我们好好的在这里洗衣服，她倒扫起地来，弄得一天一地的灰尘，害得我衣服都白洗了。"

张雅珍说："今天这样还算好的，昨天我在家里帮小辉翻丝绵背心，她疯疯癫癫地跑进来要帮我，还跟我说棉袄的后背要多拉一点丝绵，不然冬天西北风吹过来，好像一桶冷水浇下去，不顶事。她也不看看自己的手，刚刚做过煤球，又湿又脏，还好被我骂走了。"

就是这么一对招人嫌的夫妻，生了一堆小孩出来：招娣、领娣、来娣、阿娣。这四个女儿，全都跟马银花一个印子，清一色的倒挂眉毛，眼睛细得只有一条线。一心想要儿子的陈三从来不管她们，马银花连自己都顾不周全，只能任由她们打架争食，自生自灭。这四姐妹从小到大没有穿过新衣服，不知道马银花从哪里要来的旧衣服，也要大的穿两年再给小的穿，轮到陈阿娣时，往往一条裤子膝盖和屁股的地方已经补丁叠补丁了。不仅如此，陈阿娣还成天拖着两条浓稠的鼻涕，头发枯黄打结，张雅珍说她像个小叫花子，给她一只破碗就可以赶到街上去，跟镇上的疯子金发一起讨饭吃。

二

在九号墙门里，陈阿娣是公认的"馋丫头"。大家都说三岁看到老，陈阿娣这个小姑娘又丑又馋，不知道以后能不能找得到婆家。然而五岁的陈阿娣显然还想不到这些，她每天最关心的，就是找东西吃。只要一到中午边，陈阿娣就习惯性地吸着鼻涕在院子里晃荡，闻到谁家厨房里飘出香味，就往哪家钻，她眯着小眼睛，堆出满脸天真谄媚的笑容跟人打招呼："阿姨，你在烧什么呀？"但是她跟她妈一样没眼色，专门挑别人忙得不可开交的时候凑过去，大人们忙着烧饭炒菜，没空理她，多半都挥着手赶她走："快点出去，当心油溅开来烫到你。"有时候中午她爸妈不回来做饭，为了讨一口吃的,陈阿娣像个小叫花子一样挨在人家门口,眼巴巴地看着别人碗里的饭菜,一边自说自话:"我最喜欢吃肥肉了,还有油渣也很好吃的,前两天我妈妈给我吃了两个肉圆子,你们在吃什么呀?"人家看她可怜,最后多少总会给她一点东西吃。

有人故意问她:"陈阿娣,你怎么老是想着吃?"

陈阿娣说:"我饿呀。"

大家笑起来,说:"真是个馋丫头,怎么会一天到晚都觉得饿?你爸妈没给你东西吃吗?"

陈阿娣咬着手指头,很认真地回答:"我三个姐姐把家里东西都吃掉了,什么都没留给我,我真的是一天到晚都觉得饿。"

大家都摇头:"这个陈阿娣,讨东西也不知道难为情,简直天生就是吃百家饭的命。"

墙门里心肠最好的是何小山,他看了陈阿娣实在可怜相,便特意烧东西给她吃。那时何小山刚刚分配到墟镇小学当老师,孤身一人,向凤仙奶奶租了一间小房子住着,手头也不宽裕,他买了一些番薯放在屋子里,看到陈阿娣蹭过来要吃的,就拿两个番薯,点着煤油炉烧一锅汤番薯给她吃。陈阿娣经常眨巴着眼睛看何小山洗番薯、削皮、切块、烧开水、下番薯块,何小山手脚不快,她等得着急起来,不停地问:"小山叔叔,好了没有?"

何小山说:"不要急,再等一下就好吃了。"

陈阿娣"哦"了一声,挨在边上吃自己的手指头,从大拇指开始,一个一个吮吸着,把每个手指头都吮得干干净净。

被嫌弃的陈阿娣

等到汤番薯一起锅,何小山用搪瓷缸子盛了一缸给她,陈阿娣也不怕烫,舀起一块就往嘴里送,一边嚼一边呼噜呼噜往外吐热气,何小山说:"慢点、慢点,小心烫。"

陈阿娣含糊着连声说:"不烫不烫,真好吃!"吃了两口又说:"小山叔叔,就是淡了一点,没什么味道。"

何小山摸摸脑袋,笑笑说:"我家里没有白糖,你自己去向别人讨点白糖放进去,就会有味道了。"

陈阿娣捧着一搪瓷缸的汤番薯挨家挨户去要白糖,要到陆家辉家,被张雅珍用手点着她额头一顿骂:"你这个小江北佬,十足是个馋痨坯,只晓得吃吃吃,长大以后被人家一根棒冰就骗走了,卖到山里去给乡下人当老婆!"

陈阿娣贪吃的名声传到外面,连小孩子都知道她。隔壁墙门里稍微大几岁的小孩都不要跟陈阿娣一起玩,他们像大人一样交换着从父母那里听来的种种说法,叫她小江北佬,说她又笨又脏,动不动就向别人讨东西吃,有一个小孩不知道从哪里学来一首专门嘲笑江北佬的儿歌,看到陈阿娣就捏着嗓子对着她唱:"江北奶奶,螺蛳嘬嘬,睡觉睡的棺材板,身上盖着棉花胎。"惹得其他小孩都拍手大笑。陈阿娣咬着手指头一声不响地听着,听完对他们说:"我不跟你们玩,我去找陆家辉玩。"

跟陈阿娣的没人管教不一样,陆家辉从小就被他妈妈张雅珍管得死死的。说到听大人的话,整个九号墙门里的小孩,没有一个比得上陆家辉。凤仙奶奶早几年前退了休,闲了没事帮墙门里的人照看小孩,她说,陆家辉只有两三岁的时候就已经很听话了，管起来很省力，张雅珍叫他坐在凳子上晒太阳，不能乱动，陆家辉就真的乖乖地坐着，尿布湿得滴水，照样坐得端端正正。"我活了一把年纪，这么乖的小孩真是少见。"凤仙奶奶说，"不像陈阿娣，她妈妈去河埠头洗衣服，叫她不要乱跑，结果一眼不见，陈阿娣就抱着水桶滚到河里去了。真亏她牢牢抱着水桶不放，不然早就淹死了。"有时候张雅珍会带陆家辉去百货店上班，到了店里就给陆家辉一张小板凳，叫他坐在店门口，交代他："不要乱动。"张雅珍忙着跟店里的女人们聊天说闲话，陆家辉一动不动坐在板凳上，一坐就是几个钟头，不哭不吵。来买东西的女人们看到陆家辉，大惊小怪地对张雅珍说："雅珍，你儿子长得真是漂亮，像个小外国人。"张雅珍高兴了就让陆家辉叫人，陆家辉一个一个叫过去："阿姨好，大姆妈好，小姐姐好。"女人们掐着陆家辉的脸蛋夸奖他，说从来没见过这么听话的小孩，大人叫他做什么就做什么："好像一只糯米汤团，叫他圆就圆，叫他扁就扁。"

只有一件事陆家辉不听张雅珍的。陆家辉挑食，不管张雅珍烧什么好吃的东西，他总是这样不吃，那样不吃。凤仙奶奶喂他吃饭，他也不闹，任由人家把饭菜一勺一勺塞到他嘴巴里，直到塞不进去为止，但就是含在嘴巴里不往下咽，过一会儿又全部吐出来，所以陆家辉比同年纪的小孩子来得瘦小。张雅珍打也打过，骂也骂了，陆家辉吃饭还是不肯让她省心。倒是陈阿娣，常常到了吃饭时间就蹭过来趴到饭桌上，眼睁睁看着陆家辉碗里的红烧肉咽口水。张雅珍偶尔给

被嫌弃的陈阿娣

陈阿娣吃一小块肉，用筷子夹了放到她面前，陈阿娣用手抓起来吃，张雅珍看着"啧啧"连声，大声教训她："陈三那个江北佬多久没给你吃肉了，瞧瞧馋得没出息的样子！"陈阿娣没有一点志气，吃完了舔着手指头，叫张雅珍："好阿姨，再给我吃一块红烧肉好不好？"张雅珍没好气地把陆家辉剩下的半碗饭扔给她，说："肉是没有了，剩饭有半碗，你要吃就吃个够。"陈阿娣总是很高兴地拿筷子扒拉起来，吃得吧嗒吧嗒，有滋有味。

夏天吃晚饭，九号墙门里的人喜欢把桌子搬出来，在院子里一边乘凉一边吃饭，家家户户的饭菜摊在桌上，谁家条件好，谁家比较困难，全部都一目了然。陈阿娣家的饭桌上是常年不见肉的，陈三就着几个大蒜头、嫩姜，蘸点盐，就能喝酒下饭。陈阿娣在自家的饭桌前待不住，捧着饭碗，从这家饭桌蹭到那家饭桌，大家都笑说："小叫花子又开始来讨饭了。"但大部分人家还是会夹几筷菜给她。

陈三也不管她，自管自喝着酒，喝得高兴起来，突发奇想，叫陈阿娣："过来过来。"又叫陆家辉："你也过来。"他让陈阿娣和陆家辉背靠背站着，用手比划了一下，得意地大叫起来："大家来看看，我家陈阿娣长得比陆家辉高了。"有几个隔壁邻居捧着饭碗围过来看，纷纷说："真的，好像是陈阿娣要高一点。"

陈三捏着陆家辉瘦伶伶的胳膊，对他说："陆家辉你真是瘦，罪过啊，是不是你妈没给你东西吃啊，活像只猴子。"眼睛却一瞟一瞟地看着张雅珍。

张雅珍口头上一点不肯吃亏,她靠在厨房门口用小手指剔牙,也不理陈三,只对着凤仙奶奶大声诉苦:"你们不知道,我们家小辉嘴巴可刁了,普通的饭菜是不要吃的,只吃四只脚的鸡——田鸡。"墙门里的人听了都哄笑。

偶尔陆家辉也会捧着饭碗走到陈阿娣家的饭桌边去,跟他们一起吃饭。陈三一家六口,夏天经常只有一盘凉拌番茄和一碗生大蒜蘸盐,偶尔有一碗螺蛳,是陈三去河里摸来的,也没有用菜油炒,只是放了酱油水煮,四姐妹你抢我夺,嘬着嘴吸得呼呼有声。陈三喝了老酒后看着陆家辉的饭碗寻我开心:"今天张雅珍又给你吃红烧肉啊?分点给我们吃好不好?"陆家辉摇摇头:"我妈妈说不要给别人吃。"有一次吃着吃着,陈阿娣忽然伸出筷子,飞快地到陆家辉碗里夹了一块红烧肉放进嘴里,快活地咀嚼起来,一边吃着,一边惊喜地问她姐姐:"我们家怎么有肉吃了?"

陆家辉笑嘻嘻地说:"喂,陈阿娣,你吃到我碗里来了。"

陈阿娣的大姐狠狠瞪她一眼,陈阿娣不好意思地笑起来,说:"我还以为我碗里忽然多了一块肉呢。"

三

六岁那年,陈阿娣学会了用废品换钱,换了钱再去买东西吃。从那之后,她就不大直接向人家讨东西吃了,而是跟人讨各种废品。早上,大家忙着在井台边打水洗漱,争分夺秒忙得跟打仗一样,陈阿娣晃晃悠悠走过去挨个看大人脸盆里的牙膏,看到快用完的,就对人家说:"大伯伯,等你牙膏用完了,牙膏皮给我好不好?"大人们赶着要上班去,被烦不过,有时候顺口应着,陈阿娣听了记在心里,过两天就去问一下:"你家的牙膏用完了没有?"遇到不给的,陈阿娣挨在人家门口不肯走,哭丧着脸提醒他们:"上次我们说好了呀,你答应把牙膏皮给我的。"旁边人看了好笑,帮着劝说:"算了算了,给她吧,反正牙膏皮一分钱一个,这么点点小人,真作孽啊,讨饭的都比她强。"

除了牙膏皮,陈阿娣还收集各种各样的废品:晒干的橘子皮、废纸板、鸡毛鸭毛、鸡胗皮、甲鱼壳……陈阿娣小小年纪,已经知道这些都能换钱。她对陆家辉说:"废铁最值钱了,可以换好几颗糖吃。"

陈阿娣把讨来的废品当宝贝,全都藏在她家的水泥洗衣台下,牙膏皮放一堆,鸡胗皮放一堆,废铜烂铁最值钱,所以要放在最里面,上面用干稻草盖住。陈阿娣没事就坐在洗衣台下数她的宝贝,她也邀请陆家辉进来跟她一起数,两个人坐在那里讲悄悄话。陈阿娣最羡慕隔壁墙门里的一个小姐姐,她对陆家辉说:"隔壁姐姐一个礼拜有一角钱零用钱,想吃什么就买什么,她爸爸还每天早上买一只望梅楼的肉包子给她吃,要五角钱一只呢。"陈阿娣边说边咂巴着嘴:"等我有五角钱了,我就去买一只肉包子吃。"那时候镇上新开了一家望梅楼饭店,卖的肉包子皮薄馅大,好吃得不得了,陈阿娣馋了很久。

陆家辉问她:"你什么时候会有五角钱?"

陈阿娣数了数她的宝贝,很高兴地说:"快了,再去哪里捡几块铁皮应该够了。"

但是还没等陈阿娣攒够值五角钱的废品,换货的老头就来了,陈阿娣熬不牢把废品都换成了小零食。

常年在墟镇走动收废品的是个五十来岁的外地人,个子不高,身板十分敦实,穿着一身破烂的皂色土布衫裤,满脸满身的土,他姓赵,大家都叫他废品赵,他也就应着,喉咙里"呵呵"两声,黧黑的脸上没有表情,也看不出他高兴不高兴。

每隔一个月,废品赵就挑着担子出现在墟镇,一路喊"鸡毛鸭毛、废铜烂铁,换糖吃喽",拉长了声音,一边摇着拨浪鼓,发出有节奏的咚咚声。他的担子一头是一只竹筐,放着他收来的各种破烂,另外一边是一只木头箱子,上面盖着一块玻璃,下面分成一小格一小格,放着针头线脑和各种零食:雪白的冬瓜糖、云片糕、腌过的姜丝、桃干。

陈阿娣一听到废品赵的喊声,就像被招了魂,抱着她的宝贝追出去,叫:"废品爷爷,废品爷爷,等等我。"废品赵听到就放下担子等她,陈阿娣气喘吁吁赶上去,把攒下的东西给废品赵看,废品赵一边挑着,一边教她:"破布头我不要的,鸡毛鸭毛还要再晒得干一点,不然就发臭了。"陈阿娣点着头,从口袋里掏出一个小纸包,小心翼翼地打开:"废品爷爷,这是我晒的荷花蕊,我们墙门里的凤仙奶奶说这个可以做药，很值钱的，我换给你好不好？"废品赵哭笑不得，连连摆手说："就这么两根太少了，我收了也没用的。"陈阿娣可怜巴巴地看着他："我晒了好几天，你就收了去好不好？"废品赵想了想，抓了一小撮腌姜丝给陈阿娣，说："只能换这么一点。"

废品赵拿出几枚泛绿的铜钱给陈阿娣看："看到没有？这是别人从镇上老房子的地基里挖出来的，从前那边是有钱人住的地方，现在房子塌掉了，很多人在那里挖宝，你下回去挖几个出来，我换橄榄给你吃。"陈阿娣听了直咽口水："橄榄是不是很好吃？"废品赵点头说："那当然，可惜今天橄榄已经换光了，下回我给你留两颗。"

废品赵走了以后，陈阿娣给陆家辉看她的战利品：三颗话梅糖，几片云片糕，还有一颗粽子糖。陈阿娣从来没有吃过粽子糖，她抿两口，又拿出来，放在手心，小小一颗晶莹的粽子形状的糖，带着松子和糖的香甜味。旁边有大人看到了，问陈阿娣："你哪里来的粽子糖吃？"陈阿娣说："我跟废品爷爷换的，他说下次来还要换橄榄给我吃。"人家跟她开玩笑："陈阿娣，你这么喜欢收废品，长大了嫁给废品赵好不好？"陈阿娣点点头，很爽快地说："好的，那我家里的东西就吃不完了。"听到的人都哈哈大笑："下次你老公来了，记得向他要聘礼啊。"

陈阿娣记挂着要去老房子那边挖铜钱，她想要叫陆家辉一起去，结果被张雅珍狠狠骂了一顿。张雅珍说，前两天有一个小孩被人拐走了，就在老房子那边。这件事情墙门里的大人说得绘声绘色,说被拐走的是个双职工家庭的小男孩,也不过五六岁的样子,平常没人管,一个人跑去老房子那边挖铜钱,有个黑黑瘦瘦的中年男人走过去给他吃了一根雪糕,没多久在一边捡破烂的老李头看到中年男人抱着小男孩,脚步很快地朝轮船码头方向走了。"可惜呀,"凤仙奶奶说,"好不容易养到那么大就这么被拐走了,做娘的变得疯疯癫癫的,脑子是不会灵清了。"张雅珍一边吃着饭一边教训陈阿娣:"要是被拐走了,拐子敲断你手脚扔到街上要饭去,你一辈子都别想吃到这么好的白米饭!"

陈阿娣安耽不了两天,又想出另外一个主意来。趁着大人们都上班去了,陈阿娣对陆家辉说:"哎,你知不知道隔壁弄堂里住着个麻子娘娘,她是个妖怪,屋子里有很多很多牙膏皮和废铁块,我们去偷两块来换糖吃好不好?"

陆家辉摇摇头:"我妈妈叫我不要出去。"

陈阿娣说:"不远的,就在墙门边上的另外一条弄堂里,我们去看一眼就回来。"

那天下午陈阿娣硬拉着陆家辉一起去看麻子娘娘。陈阿娣叫陆家辉捡一些小石头带着:"要是麻子娘娘追我们,我们就用石头扔她。"

陈阿娣和陆家辉走出九号墙门,转到隔壁的一条弄堂里。墟镇到处都是这样狭窄阴暗的小弄堂,两边是木柱子、竹篾片和黄泥巴砌的墙壁,顶上是木楼板,能听到有人在上面走来走去的脚步声,整条弄堂暗无天日,阴暗潮湿的泥地,不小心滑一跤,手撑在墙壁上,一手的灰和蜘蛛网。陈阿娣和陆家辉摸进这条黑漆漆的弄堂里,一直走到尽头,才看到一个小小的天井,天井的花坛里堆着废铁、破脸盆、纸板、树枝,一只红白相间的高脚痰盂上有一个破损的"囍"字,斜斜地靠在花坛上,积了一些雨水和烂泥,整个天井里充满了霉烂发臭的味道。正对天井大门有两间房子,窗子上没有玻璃,只用一张脏兮兮的塑料布遮着,黑褐色的木头门,门上钉着一只粗糙的木头信箱,钉子已经生锈了,信箱上有淡淡的毛笔印迹,写着"沈家弄17号"。

一只乌鸦飞落在屋檐上,啊啊叫了两声,陆家辉有点怕起来,轻轻拉一下陈阿娣:"我们好回去了。"

就在这时候,黑褐色的木头门忽然"嗒"地发出一声轻响,陆家辉和陈阿娣吓得紧紧抱在一起,一动都动不了。门"吱呀"一声开了一半,隔了一会儿伸出一只黑乎乎的手来,牢牢扳住木门,手指头全都开裂了。一个满头白发的老太婆慢慢地摸了出来,她的脸上纵横交错布满了细碎的皱纹,皱纹中间夹杂着很多黑色的麻点,她的眼睛睁得很大,全是白色的,眼睛周围满是黄白色的黏稠的眼屎。

陈阿娣悄悄凑到陆家辉耳朵边说:"她肯定就是麻子娘娘。"

麻子娘娘侧过耳朵朝他们站的方向听了一会儿,一张老丑的脸上现出欢喜的神情,她咧开嘴,露出嘴里两颗残留的牙齿,说:"你回来啦?"她朝着陈阿娣和陆家辉伸出手,好像要靠近他们,忽然天上划过一道闪电,瞬间一个响雷打了下来,陆家辉吓得跳起来,尖叫一声拔腿就逃,陈阿娣奋力朝麻子娘娘扔了一把石头过去,也跟在陆家辉后面跑出弄堂。跑到中间他们忍不住停下来回头看,穿过黑漆漆的弄堂,麻子娘娘站在光亮的天井里,远远望过去像站在一个木框当中,她佝偻着身体,显出困惑而哀伤的表情。

陈阿娣和陆家辉跑出沈家弄,正好看到何小山骑着自行车经过,陈阿娣挥手叫他:"小山叔叔!小山叔叔!"何小山把陆家辉抱到自行车前面的横档上坐好,问他们:"你们跑到哪里去了?陆家辉的妈妈急疯了,还以为你们被拐走了,正到处找你们呢!"他带着陈阿娣和陆家辉回九号墙门,半路上看到张雅珍披头散发地走过来,她眼睛通红,一只脚没有穿鞋子,何小山跟她打招呼:"陆家辉妈妈,陆家辉找到了。"陆家辉兴高采烈地朝她喊着:"妈妈!妈妈!"张雅珍吃惊地看着他,突然一个箭步冲过来一把将他从自行车上拉下来,扬手给了他一记响亮的耳光:"你这个小畜生!"

四

自从被张雅珍结结实实教训了一顿之后,陆家辉再也不敢跟着陈阿娣到处乱跑。陈阿娣还是经常来找他,站在他们家门口喊:"陆家辉!陆家辉!"张雅珍看到她来,二话不说,"砰"地把门关上。陈阿娣停了喊叫,但是不肯走开,蹲在门口看地上蚂蚁搬家,过一会儿张雅珍出来做事,陈阿娣跟在她屁股后面，跟到东跟到西，张雅珍赶她走开，说："你跟着我干什么！"陈阿娣仰着头对张雅珍说："好阿姨，我一定乖，听你的话，不带陆家辉到墙门外面去，你让陆家辉跟我玩吧。"

凤仙奶奶看她可怜，对张雅珍说："小孩子让他们一起玩也好，一个小孩太孤单了。"

张雅珍气鼓鼓地说："凤仙大娘，你是晓得的，我只有这一个儿子，不比那个江北佬陈三，生了一堆女儿，恨不得扔破烂一样扔掉两个，我们家陆家辉跟了陈阿娣这个野丫头，疯七疯八的，要是被人拐走了，我可怎么活下去。"

凤仙奶奶说："那叫他们不要出墙门。"

得到了大人的同意，陆家辉就跟陈阿娣在墙门里扔纸飞机玩，不小心纸飞机飘到墙门外，两个人走到门口，陈阿娣说："陆家辉，你站在里面不要动，我出去捡。"捡了回来特意跑到张雅珍前面去说："好阿姨，陆家辉没有出墙门。"张雅珍不耐烦地敷衍她："好的，好的，以后不要让陆家辉出墙门。"

但是没过几天，陈三逗陆家辉玩，又把张雅珍惹毛了。

那天陈三大概喝多了，疯疯癫癫抱着陆家辉到墙门外去瞎逛，正好碰到疯子金发，就指着金发让陆家辉叫爸爸。金发是镇上一个有名的疯子，大家也搞不清楚他有多大了，他因为"文革"时候亲眼看到自己父母亲上吊自杀，从此就疯了。多少年来他成天在镇上骂骂咧咧地晃悠，手里挥舞着一根竹竿，无论冬夏都穿着一件邋遢的黑棉袄，头发乱糟糟的，脸上都是乌煤，看不清面目，全靠镇上一些好心人每天给他一点吃的才能活着，有时候他也去捡垃圾堆里的东西吃。

那天金发刚好经过九号墙门，陈三叫住他，说："金发，我送一个便宜儿子给你。"陈三把陆家辉领到金发面前，对他说："叫爸爸。"陆家辉看看金发，金发也看看他。陈三推了推陆家辉，笑嘻嘻地催他："叫呀。"陆家辉轻轻叫了一声："爸爸。"金发嘴里咬着一根甘蔗，忽然挥起甘蔗朝陆家辉打过去，陈三抱起陆家辉躲闪不及，陆家辉头上早就重重挨了一记，顿时大哭起来。

张雅珍下班回来看到陆家辉头上肿起一个大包，气得柳眉倒竖，冲着陈三家大门骂声不绝："狼心狗肺的短命黑心种子！畜生都比你要脸，想要儿子就自己生一个，老婆生不出就轧个野女人去生，就怕你硬不起来没这个本事，断子绝孙的货，没儿子送终！"张雅珍下了班就站在院子里，中气十足地指桑骂槐，足足骂了三天，陈三和马银花那阵子打陆家辉家门口经过，臊眉耷眼的，头都不敢抬。

张雅珍难得结结实实打了陆家辉一顿，她恨陆家辉太笨，骂他"没有脑子"，陆家辉哭得满脸眼泪鼻涕，张雅珍照样不手软，凤仙奶奶劝都劝不住，张雅珍说："我就是要让他长点记性，以后不准跟陈三家的人说话！"

从那以后陆家辉再也不敢理陈阿娣了，他一看到陈阿娣就跑开。陈阿娣还不知道怎么回事，看到陆家辉就要跟着他，向他要东西吃："陆家辉，给我一块桃干吃吃嘛。"陆家辉摇摇头，紧闭嘴巴不跟她说话，陈阿娣要拉他的手，陆家辉赶紧用力甩掉，陈阿娣很疑惑地跟着他，看到陆家辉走到左边

被嫌弃的陈阿娣

就跟到左边,看到陆家辉转到右边,她也跟到右边,陆家辉在香樟树下绕圈子走,越走越快,忽然陈阿娣叫起来:"陆家辉,你等等我嘛!"陆家辉听了更加害怕,撒腿就跑,边跑边叫:"陈阿娣,你不要跟着我!我妈妈说我再跟你讲话就打死我!"

陆家辉撒开腿奋力跑了一阵,跑到家门口,再回头看,发现陈阿娣停在香樟树下没有动。隔了一段距离,陈阿娣看上去个头小了很多,她穿着打满补丁的衣服,两只小羊角辫松松垮垮的,眉毛倒挂,看不出是哭是笑,她歪着头远远地看着陆家辉,咬着手指头,又邋遢又可怜。

陈阿娣再也没有玩伴了,她只能一个人窝在洗衣台下数她的破烂,或者看别的小孩在墙门里玩。有一天隔壁墙门的小姐姐也过来了,她拿了一大包橄榄,神气活现地叫大家排好队伍,一人分一颗。陈阿娣怯怯地从水泥台板下爬出来,远远地咬着手指头看他们,隔壁姐姐看到了,大声说:"陈阿娣最脏了,我们不要跟她玩。"一群小孩都走掉了,远远地传来儿歌声:"江北奶奶,螺蛳嘬嘬,睡觉睡的棺材板,身上盖着棉花胎。"

陆家辉最后一次看到陈阿娣,她正在角落里吐。马银花在边上叨叨唠唠地跟别人说:"这个细丫头,看不出这么点点小人,胃口真不小,我们买来要送人的两斤芙蓉糕,她一声不响全部偷吃掉了,足足两斤啊,怎么撑得下去?"她朝着陈阿娣说:"你看看,这下吃得头屙屎吧?等下你阿爸回来,一顿打是肯定逃不掉的,你就好好等着吧!"

陈阿娣吐得浑身乏力,她脸色苍白地仰起头笑了笑,一脸的不好意思。这就是陆家辉印象中陈阿娣最后的样子。

后来墙门里的人有一阵子没看到陈阿娣,问起来才知道她被拐走了。马银花觉得她应该要给人们一个交代,到处跟人解释说:"就是那个经常来收废品换东西的老头子啊,看上去蛮老实的,哪里想得到这么坏啊!"她边说边揉眼睛,把眼睛揉得红红的。陈三倒是若无其事,照样喝酒,喝得醉醺醺的,还跟邻居开玩笑,说:"少了一只讨债鬼吃饭。"邻居说他:"陈三,你想得通的。"

实际上那天是有人看到陈阿娣欢天喜地地跟着废品赵走的。陈阿娣走出巷子时还碰到隔壁墙门的小姐姐,她说:"我要去买望梅楼的肉包子吃,我用废品换了五角钱。"隔壁姐姐哼了一声,说:"你是不是前两天吐得还不够,就记得吃。"邻居们说要是家里人铁了心去找的话,应该还找得回来的,不过陈三反正也无所谓,他本来就嫌陈阿娣多余,马银花说起来很伤心,但是吃饭的时候,也没见她少吃一碗。

张雅珍十分庆幸,说:"还好没让陆家辉跟陈阿娣一起玩,我早就看出来这个细丫头野天野地的,迟早要闯祸。"

墙门里的几个老人都说"罪过",说陈阿娣这个小姑娘不晓得会被卖到哪里去呢。

陆家辉似懂非懂地在边上听着,追问着:"那以后陈阿娣还会不会回来?"

大人们一时都答不上来,最后张雅珍不耐烦地说:"我哪里知道,她又不是我生的。"大家笑起来,说:"对呀,人家爹娘都不管,我们哪里会知道。"

五

六岁那年夏天,陆家辉只记得两件事,一件是陈阿娣被拐走了,还有一件就是住在隔壁弄堂里的麻子娘娘死了。

麻子娘娘死的时候,九号墙门里的很多人都去看热闹,陆家辉是跟着何小山一起去的。沈家弄口十分热闹,一群人围在弄堂口,吵吵嚷嚷,旁边看热闹的人都在议论:"死了好几天才被发现的!天气太热,都臭出来了。""难怪呢!这几天走过沈家弄都闻到一股怪味道。"一个剪了三刀式发型的大妈气哼哼地从弄堂里走出来,一边走一边发牢骚:"真是嫌我们太空了,没事给我们弄出点事来做,这个老太婆家里都是垃圾,走都走不进去,这么腌臜的活,我是寻不到人来做的。"她大概是街道里的人。

陆家辉轻声问何小山:"陈阿娣说麻子娘娘是妖怪,妖怪怎么也会死?"

何小山没说什么,过了一会儿,他抱起陆家辉从人群里走了出来,站到马路边上才跟他说:"你不知道,麻子娘娘是个很可怜的人,她儿子被当成右派送去新疆兵团,有二十多年了,中间只回来过两趟,麻子娘娘自己没有劳保,所以才捡破烂卖几个钱过日子,有时候她儿子难得给她寄点钱回来，她也舍不得用。她还一直想着儿子能回来。"陆家辉问："她儿子为什么不回来？"何小山叹了一口气："哪有那么容易啊！人又不是想做什么就能做什么的，有时候真是一点办法都没有。"

陆家辉默默了一会儿，忽然嚅嚅地说："陈阿娣……用石头扔过她。"

街道里找了几个人去麻子娘娘家搬东西，一担一担挑出来，都是霉烂的纸板箱、废铜烂铁，看热闹的人躲了开去，捂着鼻子说："看不出这个老太婆捡了这么多垃圾在家里，臭都臭死了。"

挑担子的人回说："这些垃圾不算臭，你进到屋子里面去看看。"说着担子一滑，差点摔了一跤，看热闹的人都哄笑起来，说他不要被臭气熏到了。

担子上掉下几块牙膏皮，也没人理会，陆家辉看见了，跟何小山说："小山叔叔，我们把那些牙膏皮捡回去吧。"

何小山说："你要这些做什么？"

陆家辉不好意思地笑笑，说："我想拿回去帮陈阿娣攒着，她要是回来了看到一定很高兴的。"

那天回家后，陆家辉把捡来的几块牙膏皮扔到陈阿娣家的水泥洗衣台下，不提防稻草上睡着一只猫，喵呜一声窜了出来，把陆家辉吓一跳，他不放心地蹲下去探头朝洗衣台下看，几块牙膏皮仍在稻草上，他想了想，把牙膏皮全掖到稻草下面，这才拍拍手回家。

他想：最好陈阿娣能早点回来。

阿荷的幸福时光

清早六点钟，提前下班的阿荷遮遮掩掩地推着自行车走向工厂大门，还不到交接班的时候，大铁门照例是锁着的，边上的小门也没开，她只好转到传达室去跟看门的炳大伯打个照面。炳大伯黑着脸给她开门，一句话都不说，阿荷紧跟在他身后，笑嘻嘻地自管自低声解释着："细丫头一个人在家呢，没办法呀，家里没有老人帮忙，她阿爸又出车去了，我真是忙得鸡飞狗跳的，刚刚我跟同车间的人说好了，让她代我一个钟头，早上食堂里有粥，我正好买点粥汤回去给细丫头当早饭吃……"炳大伯听得厌烦，哼了一声，算是回应。

新华丝厂坐落在镇郊，厂门外沿着运河是一条笔直的柏油马路，眼下路上空旷无人，只有阿荷蹬着自行车匆匆忙忙地往家赶。今年刚过冬至就下了一场雪，这几日天寒地冻的，河面上吹来的风凛冽得像一把刀子，割得阿荷脸上生疼。骑过工厂区，翻过运河大桥，离家越近，空气中咸臭刺鼻的味道就越浓，那是化工厂排出的废气，常年弥散在墟镇上空，幸好化工厂门前那段路是下坡，阿荷皱眉屏息，放松刹车，速度立刻快了起来，路边的泡桐树、香樟树、桂花树，嗖嗖地向她身后掠去，她一路滑行，很快就到了家。

  跳下车，阿荷赶紧去看车兜里用棉袋子套着的搪瓷杯，别的都不要紧，这一大杯子粥可别打翻了，那是她特意央求食堂的人给她留的粥汤，盛起来时趁热打两个鸡蛋下去，据说很是滋补养人。她伸手进去摸了摸，还好还好，棉袋子套得严严实实，杯子还是暖呼呼的。

  进门一看，女儿金米兰已经起来了，这么冷的天，难为她没有赖床，正在灶头间里对着装污水的铅桶刷牙呢。阿荷看着金米兰，心里禁不住一阵焦躁，十四岁的姑娘了，还没有来月经，不仅个子比同年龄的人矮一头，而且脸孔蜡黄，身板干瘦，活像一只发不起来的馒头——僵掉了！阿荷想：我给细丫头吃得不差呀，只要听见人家说什么东西对小姑娘好，能够长身体的，我都买来给她吃，桂圆干、荔枝干不晓得吃了多少下去，怎么一点用都没有呢？今天下午去医院无论如何要把那东西拿回来，趁新鲜煮了给细丫头吃下去……

  金米兰洗漱好，拿着木梳过来要姆妈帮忙扎个马尾巴，阿荷便叫她搬张凳子坐下来，母女两个都映在墙上那面缺角的镜子里，一样的单薄秀气，窄窄的脸，小眼睛薄嘴唇，只是金米兰这样瘦弱的一个小姑娘，竟留了一头异常浓密的长发，又厚又黑，正好她昨天洗过头，头发特别顺滑，阿荷握在手里只觉沉甸甸的，像一匹布，怎么梳也梳不服帖。阿荷懊恼起来，说："要这么长的头发有什么用？就是头发把你的营养吃光了，你才长不高。明天空了，索性去剪个三刀式，那样才清爽相！"

金米兰最宝贝她的头发，一听就急了，犟着头说："我不剪！我好不容易留这么长的。"

"由不得你！"阿荷边说边顺手用梳子敲下去，没管轻重，"咚"一声响，镜子里金米兰顿时眼泪汪汪起来。阿荷斥道："哭什么哭，大清早的触霉头！"她快手快脚地帮金米兰把头发梳好，然后掏出棉袋子里的搪瓷杯："喏，快点吃了去上学，我上一晚上的班，回来还要服侍你，真是祖宗！"

打发了金米兰去上学，阿荷只感觉困得睁不开眼睛，连续上了三天夜班，现在她只想有张眠床放在跟前，让她倒下去好好睡上一觉。但是她还不能睡，脚盆里的衣裳泡了好几天，难得今天看上去像要放晴了，要赶快搓洗好，趁早晾出去。她跌跌撞撞地把脚盆端到屋外，门口几户人家的水泥洗衣台连在一起，为了好看，搭得一样高，常人用起来刚刚好，对阿荷来说就有点吃力了，她走到洗衣台前，咬着牙狠命一使劲才把脚盆放上去，她倒不怪这洗衣台搭得高，只恨这断命的木头脚盆，装满水后重得像铁打的，还是老金家传下来的，但是她用起来不趁手，扔了又可惜，要是去买新的塑料脸盆，又要花钱。

隔壁东生嫂也在洗衣台前刷她儿子的球鞋，她笑嘻嘻地看着阿荷说："真看不出你一个矮子，力气却这样大。"

阿荷笑笑没说话。东生嫂比她高了一个头，是个精力极充沛、嘴巴又碎的女人，她上班之余，把家里家外收拾得井井有条，还有力气每天跟人说三道四，整条街上的人家，大到他们祖宗三代的来历，小到饭桌上几天吃一次肉，她都能打听得清清楚楚，所以一般人轻易不敢得罪她。她们两家做了十来年邻居，阿荷家里的事情，东生嫂更是了如指掌，见面唠叨那是在所难免的。果然东生嫂接下去说道："你家老金又出车了吧？算起来有两个礼拜了！这跑运输啊，虽然挣得多，但是不着家啊，你要多管管才是，别的不说，钞票要捏在自己手里，男人手里没钱，就不会作怪。你不要不当回事情，我跟你说，这都是有人亲眼看到的，他们运输队里的阿庆只要车子开到外省，就去路边饭店吃饭，那种饭店你也晓得，有女人陪着喝酒的，吃了饭就不一定做什么事了。当然你家老金为人正派，这方面你是不用担心的。"

阿荷耳朵里嗡嗡直响，她费力地搓着衣裳，实在没有力气跟东生嫂讲是非，只是嗯嗯啊啊随便点头应和着。男人家在外头的事，她想管也管不了，有那闲工夫，她还不如把眼前这盆脏衣服洗了然后快点去睡觉。脚盆里外套、裤子、袜子浸在一起，泡得透了，一搓一汪水，冰冷刺骨，最厚重的是老金的工作服，乌糟糟油腻腻的，不知道沾了什么腌臜，搓也搓不掉。

突然东生嫂伸肘撞了她一下，阿荷刚回过神来，东生嫂已经凑到她耳朵边上，热心地问："我说，你家金米兰到底发育了没有？"

"没有呀!"讲起这个阿荷就心焦,瞌睡都醒了,"我都要急死了。"

东生嫂回到她家的洗衣台前,慢条斯理地刷着鞋面,笑着说:"再不发育可要长不高喽,要是金米兰像你一样矮墩墩的,以后找对象都困难。"

"我是恨不得想把她个子拔高一点,可是给她吃什么都没用!"阿荷拿起棒槌用力敲打那件厚外套,一边气喘吁吁地说,"上个月我带细丫头去看了个老中医,医生说最好是食补,我现在每天给细丫头吃两只鸡蛋,桂圆干、荔枝干不断,还是没有一点动静!我厂里有个小姐妹跟我说双宝素好,里头有人参和蜂皇浆,我叫老金这次去省城一定要带几盒回来——这许多东西给她塞下去,总有一样管用的。"

"哎呀呀,这些都不起作用的。"东生嫂抿嘴神秘地一笑,说,"我告诉你一样好东西,保管一吃就见效。"东生嫂再次凑到阿荷耳朵边,压低了声音说:"你要是认识医院里的人,想办法去搞一只胎盘来给金米兰吃,这东西才是真正的大补,我亲戚家里有个小姑娘,也是十多岁了还不来月经,后来一只胎盘吃下去马上就发育了,脸上也长肉了,现在人圆滚滚的,雪白粉嫩,她爸妈这下可放心了。"

阿荷听东生嫂吹得神乎其神,一时没忍住,嘴快说了出来:"这样东西我们倒也想到了,老金这次出车前跟人说好的,昨天他们给我准信了,叫我今天下午去医院拿。"

"哎呀呀!"这下东生嫂真的惊叹了,她竖起大拇指,"你们夫妻俩了不得,为女儿真是尽心尽力!"

"哎呀呀！"阿荷也跟着叫起来，从水里拎起一件白衬衫，那领子上已经染了好几团黑渍，她肉痛极了，"这个金米兰不做好事，竟然把白衬衫同黑裤子浸在一起，这下衬衫可毁了！等她回来，看我不打她一顿，叫她长长记性！"

　　好不容易把衣服都洗了晾好，阿荷终于能躺到床上歇一会儿，但是她睡得并不踏实，棉被好久没晒，带着潮气，盖在身上有股子发霉的味道，她只觉得冷，懊悔没有泡个热水袋，但又没力气再爬起来，只好把自己蜷缩成团，方才觉得有一点微弱的暖意。然而阿荷还是无法入睡，马路上不时有卡车开过，老房子被震得直哆嗦，这她早就习惯了，让她生气的是那些带孩子的老太婆们，专门聚在她家门口聊天，嗓门一个比一个高，她们絮絮叨叨地讨论着今天小菜多少钱一斤，鱼虾又贵了，简直吃不起，都是因为天气不好，正说得热闹，忽然"啪啪"两声，大概谁打了小孩，楼下响起孩童尖利的哭喊声和七嘴八舌的劝解声。

　　阿荷被吵得烦躁不安，翻来覆去也睡不着了，她要操心的事情太多，总觉得家里还有很多活没做。迷迷糊糊中，她想着要把金米兰的两件毛线衫拆了，细丫头已经到了要好看的年龄，旧的毛线衫再也不肯穿，要买新的毛线可就贵了，只能拆掉按照时下流行的样子重新织过，再哄她穿上身，还有那件被金米兰糟蹋的白衬衫，幸好只有领子沾了黑渍，她可以把领子整个拆下来，翻个面再缝上去，保管跟新的一样，电费水费要交了，这个月零存整取的银行账户里还没有存过钱……这许多事都让她烦恼。她晓得东生嫂当面夸她勤俭持家、会过日子，实际上在背后刻薄地形容她"一块破布头都当宝一样捡起来"，看不起她穷酸的做派，可是她跟老金挣得不多，既想好好培养金米兰，又想在乡下造房子，处处都要花钱，怎么能不省着点过日子呢！

突然灶头间里"哐啷"一声巨响，这近在耳边的动静把阿荷彻底惊醒过来，她看看闹钟，已经快十二点了，算起来没在床上躺多久，金米兰中午放学回来了，这下想再睡一会儿是不可能的了。这个女儿，懂事的时候很懂事，因为她跟老金都要上班，家里没有老人照顾，金米兰七八岁就会用煤油炉给自己热菜热饭吃，整条街上的人都夸这孩子能干，要说不懂事起来呢，也真够不懂事的，明明知道姆妈上夜班，回来要睡一会儿，可是她从来不晓得手脚要放轻点，开门关门、发煤炉、用锅铲、洗碗筷，乒乓乱响，说了多少次也不改，要想她体贴大人，真是做梦。

阿荷从床上爬起来，灶头间里金米兰已经在吃饭了。他们家的伙食向来简陋，常见的是辣椒炒咸菜，这样的菜味道重，放得住，烧一次可以吃上一个礼拜，要么剥几瓣大蒜撒点盐也能当个菜。金米兰这点很好，有什么就吃什么，不大抱怨，她晓得抱怨了也没用。今天她吃的是昨天剩下来的菜泡饭，热了又热，里头的青菜黄而烂，米饭黏成一团团，她也不说什么，自己倒了点酱油，拌拌吃下去了。

吃完饭金米兰向阿荷要钱："老师说下午要交十块钱，是买参考书用的。"

阿荷看她一眼，没有说话。

金米兰接着说:"还要两块钱买本子。"

阿荷心里腾起一股无名火,重重地把筷子拍在桌子上:"只晓得问我要钞票!我前世欠你的?"

金米兰吓了一跳,不敢响了,但是到了要去上学的钟点,她还是挨过来,支吾着说今天不交钱不行的,老师上午特意交代过的。阿荷看看她畏畏缩缩的样子,心里又是一阵悲哀,上个初中,到处都要钱,开学买校服、订杂志,上个音乐课还要买口琴,各种花样兴出来,每个月想要存一点钱下来真不容易。今天下午去医院拿胎盘,虽然是提前说好的,这个张护士还是老金的远房亲戚,但是也不能空手去,多少要意思意思——而这个月已经超支了。金米兰还在那里哼哼唧唧,真是又可怜又可厌,阿荷不耐烦地从口袋里拿出几张钞票,数清楚了揉到她手里:"拿去拿去!讨债鬼投胎!"

等金米兰走了,屋里只剩下阿荷一个人。好几天没收拾,到处都灰蒙蒙的,眼睛看过去没有一块干净整齐的地方。他们家穷归穷,多年来仍然攒起了好多东西,客堂间里堆满各种破烂,缺脚的方凳、当柴烧的树枝、各种零碎布头,要么是别人给的,要么在路边捡的,一样都舍不得扔掉,哪怕一时没用,也总觉得以后会用得到。眼前的饭桌就是别人家淘汰的,当年老金只花五块钱就买了回来,他说这张八仙桌虽然看起来很破旧,但却是楠木做的,原来的主人家不识货,被他捡了便宜。他央人在桌子底下写上了"金熙从一九七九年购于墟镇"的毛笔字,很郑重地表示:"这张桌子我是要传代的。"十多年用下来后,现在这张要传代的桌子已经很不像样了，油漆剥落，桌面上尽是烫坏的碗印，稍微一动就吱呀作响，这会儿用过的碗筷来不及收好，随便摊放着，没吃完的菜用一只罩子罩起来，还有金米兰的课本乱七八糟堆在边上，封面上沾了些饭粒。

阿荷没空管这些，她得赶紧找找看家里还有什么送得出手的东西。她打开粮橱，里头塞满了盒子袋子，刚伸手翻了翻，就有两只油光发亮的蟑螂从盒子底下窜出来，在粮橱里乱撞乱爬。这种大蟑螂是会飞的，要赶快打死，不然飞起来可就打不到了。阿荷一时找不到拍打的工具，顺手拎起热水瓶，拔出塞子，整壶热水朝着粮橱里哗啦啦淋上去，两只蟑螂顷刻之间被烫死了，但是橱里面也弄得湿答答的一塌糊涂。这真是越忙事情越多！阿荷只能把粮橱里的东西一样一样拿出来擦干，用塑料袋包好的花生、糯米幸好没事，底下一层的纸盒子却都遭了殃，最角落里头有一只布袋，外头黑乎乎的全是灰尘，不知道是哪年放着的什么东西。阿荷打开一看，竟然是两斤芙蓉糕，用草纸包着，面上贴一张红纸。阿荷想起来，这是去年有老家的人过来看她，特意带来的，芙蓉糕这样东西，虽说是她老家的特产，但因为甜得发腻，连金米兰也不要吃，她随手搁在粮橱里，早忘得一干二净，这下可算能派上用场了，正好拿去送人情。

从家里到医院，要穿过好几条歪七扭八的弄堂，还要翻一座石拱桥，骑自行车很不方便，阿荷便老老实实走路过去。跟张护士说好是下午三四点钟碰面，但是阿荷心里火急火燎的，在家也做不了事，干脆早点出门。路上她走得飞快，及至进了医院,到了妇产科门口,她忽然胆怯起来,不敢直接进去,只站在门口朝里张望着。科室里两三个护士正聚在一起说话,她认识的张护士讲得很起劲,阿荷犹豫着要不要叫她一声,又怕扰了她兴致,毕竟约定的时间还早着呢,正盘算着,有个粗蛮汉子咚咚咚迈着大步走过来,手里拎着一串猪下水,也不弄个袋子装装好,那红得发暗的鲜血滴滴答答流了一路。阿荷见他往科室里闯,下意识地提醒他:"这里不让男人进去的。"那汉子没搭理她,自顾自走进办公室,大声笑着说:"张护士,今天我兄弟家杀猪,这是特意给你留的,我怕时间长了不新鲜,就赶着给你送过来了!"

张护士回头看到,笑得眼睛眯成一条线,利索地伸手接过东西,说:"你也太客气了,我不过是随便说说,难为你记得。"那汉子呵呵笑道:"要的要的,上次我老婆的事亏得你了!"张护士把猪下水放到塑料桶里,大家都围拢来看,那一大堆东西里面有两只腰子、一条舌头,还有一块猪肝,这下办公室里更加热闹了,护士们纷纷讨论起炒腰花卤猪舌头的方法来。那汉子急着要走,说家里还等着他回去给猪褪毛,张护士便客气地把他送到门口,叫他有事尽管来找她,正说着,冷不防看到阿荷,张护士愣了一下,连忙把她拉到外头,很不满意地说:"你怎么现在就来了?东西还没准备好呢,你先站这里等着吧。"

那地方正好是个风口,又在背阴处,刮过来的风特别冷硬,医院里人来人往,大家走到这里都不由得加快脚步,只有阿荷独个儿站着,经过的人都用惊奇的眼光看她,觉得这个女人大概脑子有毛病,外头好好的太阳不去晒,偏要站在后门口吹风。可是阿荷不敢走开,她怕张护士等下找不到她,那可耽误了大事。她用围巾把整个头包起来,可以挡一点风,但是露在外面的眼睛鼻子照样还是冻得通红。"这见鬼的天气!"阿荷吸着鼻涕,不停地搓手跺脚,待要进去看看,想想张护士的脸色,又只能作罢。

等了个把钟头,阿荷觉得耳朵鼻头都要冻掉了,蓦地门帘一掀,张护士拿着一只黑色的塑料袋出来了。阿荷尽力在冻得僵硬的脸上扯出一个笑容,快步迎上去,一手接过东西,另一只手把芙蓉糕往张护士怀里塞,没口子地道谢:"这可真帮了我们大忙了!一点点心意,不要嫌弃。"张护士连连摆手,说:"不用了!不用了!"阿荷强行要她收下,两人在门口推推搡搡了半天,最后张护士敌不过阿荷力气大,又怕黑色塑料袋里的东西漏出来滴在身上,只得收了那脏兮兮的黄纸包,但脸色却变得十分难看。阿荷没注意到张护士突然冷淡起来,她拿到了东西,只顾着自己高兴了。

回家路上阿荷的步子特别轻快,不多会儿就走到了桥头。恰好碰上冬日里难得的晴天,大家都跑出来晒太阳,桥头空地上都是人,好多孩子在嬉闹追打,阿荷从人群中穿行而过,手里的塑料袋险些被撞掉,这下她不敢大意了,赶快把袋子紧紧抱到胸口,好像一只护崽的老母鸡,走两步就低头检查一下,看看袋子有没有漏。碰到有认识的人打招呼,人家见她那副既兴奋又紧张的样子,便打趣她:"阿荷,你这是抱着什么宝贝呢?不是又生了一个吧?"阿荷也不生气,只笑嘻嘻地不回答。

阿荷到家以后,先小心翼翼地把袋子放到脸盆里,然后向院子里张望一下,黄昏时候,邻居都忙着在厨房烧饭,井台边并没有人,阿荷这才喜孜孜地端着脸盆走过去。她刚打了桶井水上来,忽然有人蹿到她背后大喊一声:"苏阿姨!"阿荷吓得手一抖,水桶差点掉在地上,她回头看,原来是东生嫂的儿子刘小光,比金米兰小着几岁,还在读小学,却被他娘喂得肥肥壮壮的,他晃着个大脑袋,好奇地凑过来问:"这袋子里装的是什么?"

阿荷早有准备,答得飞快:"是牛肚子。"她生怕刘小光这孩子毛毛躁躁,等下打翻了脸盆可不好,便要赶他:"我要洗东西了,你不要在这里碍手碍脚,赶紧回家去。"刘小光赖着不肯走,讨好地央告:"让我看看嘛,我没看过牛肚子,等下我帮你打井水,一定不捣乱。"天色有点暗下来,吹过来的风有丝丝寒意,阿荷见赶不走刘小光,只好打开塑料袋,把里面的东西倒在脸盆里,血腥味立时扑鼻而来,掉在脸盆里的是一团紫红色的血肉模糊的肉块。阿荷倒了半桶水下去,井水瞬间被染得通红,那团肉块竟似是活的,不断地渗出血水来。

刘小光掩住鼻子,嫌弃地说:"苏阿姨,这牛肚子好臭呀!"

阿荷笑着嗔怪:"这哪里臭了,明明是新鲜的味道,你小孩子不懂的。"

东生嫂走过来要把儿子拎回家去吃饭,顺口问阿荷:"你洗什么东西呢？"走近一看，她的嗓门陡然高了几度："哎呀呀，真拿回来啦！快点让我看看。"

这一声喊，引得不少邻居都围拢过来，阿荷也不遮遮掩掩了，索性笑吟吟地端起脸盆任由大家细看。这可是难得一见的稀罕物，好多人都认不出究竟是什么，有说牛肉的，有说肺头的，人群中有个从前做过赤脚医生的老头子很懂行，指指点点地解释给大家听："这样东西啊，有个名字，叫紫河车，就是女人生孩子落下来的胎盘，喏，那根长尾巴就是脐带。这东西好就好在肉上面都是血管，所以看起来颜色特别深，营养丰富是不用说了，眼前这只红得发紫，新鲜得很，肯定是今天刚出来的。"

阿荷笑着细声补充道："是个男伢儿的胎盘，还是头胎。"

大家听了都啧啧称奇。阿荷在众人的注目下开始清洗胎盘，她弯腰半蹲着，这姿势很累人，但人群的包围让她满心喜悦，她既感觉不到冷，也感觉不到吃力。她手势轻柔地捧起那一堆肉，好像捧着一块易碎的豆腐，然后把肉缓缓地放到井水中，井水带着暖意，在寒冷的空气中蒸腾起淡淡的雾气，她用手指搓着肉块，仔仔细细地，每一处都不放过。很快，一层浮沫漂在水面上，她换一盆水，重复同样的动作，再换一盆水，井台边的阴沟里慢慢积满了血水，一股淡淡的腥味飘散开来。

东生嫂不甘被冷落，她挤到阿荷身边，边看边咋咋呼呼地教她："正面的血管要一条一条剪开，不要怕麻烦，这样血才放得干净，一定要多洗几遍。"又问："你打算怎么吃？"

"切成小块炒鸡蛋吃,很香的。"人群里有人抢着回答。

"那不行!"东生嫂反驳,"看得出来的,到时候小姑娘不肯吃就白费这一番工夫了。"

"要我说,肯定得包饺子!剁碎了掺在肉末里,包管一点腥味都吃不出来,而且营养都包在里面。"又有人出主意。

大家纷纷点头,说这方法倒可以试试。

阿荷笑嘻嘻地抬头说:"你们放心,我老早就想好了,跟肉一起炖来吃,做成红烧肉,用老抽加红糖一起炖得酥酥烂烂的,这样我家的细丫头不晓得是什么,就当一般的肉吃下去。"

东生嫂感叹着说:"到底还是你想得周到——记得一定要多放姜片,去腥气的,另外黄酒也多放些。"

阿荷收拾好那堆肉,急匆匆地回家去了,她要赶在金米兰回家前把东西下锅。井台边的人们却没有马上散开,还在议论着,大家都称赞阿荷夫妻俩,说他们为了孩子,真是花了不少代价,只有一个在中学教书的女老师很愤慨,她态度激烈地指责大家糊涂:"这种东西怎么能乱吃呢!你们怎么不想想,万一产妇有传染病,吃了她的胎盘,就算不会吃死人,也会染病的!你们这些人,根本就是无知无识!做父母的,好心反而害了小孩!"大家哄笑起来,说她空担心,做过赤脚医生的老头子也摇摇头笑着说:"那倒不至于,有传染病的产妇,医院也会处理的。"阿荷端着脸盆早去得远了,并没有听到这番争吵。

晚饭时分,从阿荷家的灶头间里传出一阵肉香,这香气相当怪异，在浓郁的酱油、糖和猪肉的味道中，夹杂着一丝微甜的腥味，肉味和甜腥味交缠在一起，飘飘忽忽又经久不散，不一会儿整条东街都肉香四溢。路过的人都在问："谁家烧肉烧得那么香？"有人还像狗似的吸着鼻子，嗅了半天在分辨味道："怪了，这到底是什么肉？猪肉不像猪肉，牛肉不像牛肉，也不是羊肉，香得稀奇古怪的！"听着这些议论，阿荷的邻居们都心照不宣地抿着嘴笑。

阿荷不知道外头的议论，金米兰已经放学回来了，坐在饭桌边直嚷饿，她忙着把肉起锅端上桌，红烧肉装在粗瓷碗里，刚刚好与碗口齐平，大大小小的肉块呈现出好看的酱油色，面上撒了一些葱花，红红绿绿的，看上去很诱人。金米兰来不及盛饭，先夹了一块肉放到嘴里，含混不清地说："姆妈，红烧肉真好吃！"阿荷笑骂道："我看你真是饿死鬼投胎——有本事你一个人把它全吃光了！"她下午洗了半天的肉，两只手泡得发皱发白，她用皱巴巴的手捧着饭碗，眼睛里含着笑，看金米兰大口大口地吃着红烧肉，她自己只吃面前的咸菜，那碗红烧肉一碰都不舍得碰，可是她心里满足极了。热乎乎的肉吃下去，金米兰看起来气色好了很多，瘦弱的脸蛋上竟有了些微红晕，嘴唇油光发亮，阿荷看了非常欢喜，觉得这一整天的辛苦都值得了，连等下要去上夜班也不算什么了。

金米兰吃着吃着，忽然惊奇地问："这两块是什么肉？咬起来咯吱咯吱的。"阿荷敲了敲她的脑袋，呵斥道："有的吃就吃你的，话这么多！"最后那碗红烧肉只剩下一点汤汁，阿荷还叫金米兰拌点饭进去,不要浪费了,一定要吃得干干净净。

金米兰吃相不好,把汤汁搞得满桌都是,吃完饭,八仙桌上漾起一层油光,阿荷笑吟吟地拿抹布收拾饭桌,到处都油汪汪的,然而在温暖的灯光下,这油腻也变成了一种幸福的光亮,金色的、透明的,充满了希望。忙乱奔波的一天结束了,阿荷浑身酸痛,等下睡不了多久又要上班去了,但是阿荷看着埋头写作业的金米兰,心底是快活的,她擦着桌子,暗暗想道:"过两天一定要再去趟医院!"

一切都会好起来的。

前 妻

一

我刚上高中那年的夏天,一场台风横扫墟镇,我家门前的泡桐树被吹倒了,不偏不倚打在屋顶上,砸出好大一个窟窿。老房子是不能住了,幸好上一年我家在镇郊盖了新房,我爸我妈赶紧收拾收拾,搬了过去。

新房在棠南村里,这里的房子不比镇中心那么密集,都是零零散散的,这里一排,那边几户。我家在村子最边上,紧挨着的只有一户姓赵的人家。赵家人丁兴旺,住着夫妻俩和三个儿女。男主人赵永旺是个矮矮瘦瘦的中年人,样子很端正,就是不苟言笑,加上皮肤黑黑的,老像是沉着脸,看上去极不好相处。听村里人说他小时候体弱多病,因此家人给他取个贱名叫"阿狗",希望好养活的意思,这贱名从小叫到大,如今赵永旺已经快五十岁了,还在农机站担任点不大不小的职务,可熟悉的人看到他,还是笑着喊他"永旺阿狗",他听了总点点头,倒没有不高兴的神情。

我阿爸不喜欢这户人家,私下说赵永旺是只不叫的狗,看着闷声不响,心眼可多着呢,冷不防就会咬人一口。阿爸说原先造房子时,因为赵家靠着鱼塘,他就去跟赵永旺商量,让施工队把我家门前的水泥地抬高两三公分,水势往他家倾斜点,下雨天好让雨水流到鱼塘里去。赵永旺当下明明答应了,过后却偷着请包工头喝了顿酒,最后房子造好,反倒他家门前的地面高了几公分,现在只要一下雨,雨水全部汪在我家门口,搞得我们进出很不方便。阿爸吃了个哑巴亏,又不能为了这事跟赵永旺撕破脸去吵,只得自己在家咒骂了几天,从此就不大愿意搭理赵家的人。

从表面上来看,我们两家关系处得还不坏,这与赵永旺的老婆赖珍珠应酬功夫极好有关。我第一次见到赖珍珠,就觉得这是一个非常醒目的女人,她个子比寻常男人还高,顶着一头烫过的短发,眉毛眼线纹成浓重的青黑色,加上鲜亮的口红,人为地在寡淡的脸上画出轮廓分明的五官。大家都说她是个八面玲珑的女人,这一点我家是深有体会的,比方说,不管什么时候遇到,她总是笑嘻嘻地赶着叫我阿爸姆妈"李师傅""李师母",有时在井边洗衣服,她也能跟我姆妈东拉西扯,说上一箩筐话,那股亲亲热热的劲儿,不知道的还以为她跟我姆妈是最要好的姐妹呢。我平常功课很忙,难得跟她碰到一回,她也要见缝插针地夸我几句,对我姆妈说你家娟娟人聪明成绩好,将来肯定能赚大钱。她是做裁缝的,好几次主动说要帮我做衣裳,就照时装杂志上最新的式样来做，肯定让我在学校里大出风头。可是后来学校开运动会，规定要穿白衬衫走方阵，我姆妈真的拿着衣料去央她做，她却拖了好久没有回音，真是急死我了。末了姆妈还是把衣料拿了回来，找别的裁缝师傅赶着做了，好歹让我赶上了运动会。过后赖珍珠没口子地抱歉，依旧上赶着跟我家来往。姆妈说伸手不打笑脸人，有些事情心里有数就行了，要是跟她较真，倒显得我们家没道理，所以也就不咸不淡地应付着她。

赖珍珠口才这样好，为人这样伶俐，她家的三个子女却一点都不随她。赵家的大儿子叫赵有龙，长得跟他爹很像，个头不高，样子很俊秀，他已经参加工作有两年了，但看起来一点也不老道，平时走进走出遇到邻居，顶多点点头，从来不主动跟人说话。二女儿有凤刚刚高中毕业，一时没有合适的去处，就在家待着，她是闲不住的性子，家务活差不多都是她在忙，碰到人话也不多，只抿着嘴笑，倒是比赵家的其他人来得实诚。最小的女儿却跟爹妈都不是一个姓，叫朱兰兰，长相也跟赵家另外两个孩子截然不同，个子高挑，脸色白里透红，十分水灵。她比我大着两岁，跟我在同一个高中里念书，每天我们都走同一条路去上学，可她从来不跟我打招呼，我也不在意，因为赵家三兄妹个性都挺闷的，不要说很少跟外人打交道，就连彼此之间也是淡淡的，不大交谈。

这家人的关系让我看不懂，有一次饭桌上聊天，我问姆妈："为什么朱兰兰不姓赵？"

姆妈笑我傻，说："朱兰兰本来就不是赵永旺的孩子，为什么要跟他姓？"姆妈说赵永旺跟赖珍珠是半路夫妻，各自带着自己的孩子在一起过日子，有龙有凤是赵家的人，而朱兰兰则是赖珍珠带过来的拖油瓶。

阿爸喝着老酒，气哼哼地反驳姆妈："他们算什么狗屁夫妻，男的可还没离婚呢！要严格说起来，那是重婚罪，应该被抓起来的！"

姆妈摇摇头说："时代不同了，现在谁还会去管别人家里的这些闲事。"

阿爸喝得有点醉醺醺，话就比平常多了，也不管说的这些是不是适合让我知道，他唠唠叨叨把赵永旺一家的底细都掀了。我最喜欢听阿爸扯这些闲话，因为阿爸少年时走家串户做木匠，方圆几十里都跑遍了，知道的掌故比姆妈多，说起故事来有板有眼，十分有趣。阿爸说赵永旺的正经老婆叫桂女，也是有龙有凤的亲娘，如今还在老家住着，就是离这儿二十里地的凤凰村，还没出嫁前，桂女就是个手脚勤快的姑娘，做家务自然不在话下，连地里的农活也是一把好手，春天播种、夏天双抢、秋天收割晒谷、冬天下泥塘挖荸荠，还有养鸡喂猪，在院子里种菜，家里这些事哪一样不是桂女经手的？凤凰村的人都说能娶到桂女，那可是几辈子修来的福气，谁能料到就被赵永旺这小子骗去了。

姆妈插嘴说："听说当年赵家可没给彩礼，说是反正只有赵永旺一个儿子，将来赵家的东西都是给他们夫妻俩的，就不讲究这些虚礼了。"

阿爸说："赵永旺嘛，结婚就出了一张嘴，只会哄人——

也是桂女家的人太忠厚了。"

我不同意，说："永旺叔看着话不多呀。"

"那是他当了点小官之后端着架子呢，芝麻大的官，也值得他这样！"阿爸非常不屑。

阿爸说桂女嫁到赵家以后，生了不止两个孩子，那时候条件不好，前面几个都没养活，有龙有凤都是她自己带大的，她又要操持家务，又要下地干活，不几年工夫，人就老得多了。赵永旺凡事不上心，倒是越活越年轻，跟赖珍珠搭上以后，更是嫌弃桂女，恨不能马上就跟她离婚。

"幸好两个孩子还算懂事，死活不同意父母分开，要不然桂女早被赶走了。"姆妈说。

"哪是因为这个！"阿爸嗤笑姆妈女人家见识浅，不识人心险恶，"是赵永旺的老娘正好瘫痪在床了，全靠桂女服侍照顾，赵永旺看还用得着她，才没再说起离婚的事。你看着好了，等他老娘一死，肯定要旧话重提了！"

"哎呀呀，要真是这样，桂女就太可怜了，她嫁到赵家那么多年，没有功劳也有苦劳呀！"姆妈很是感慨，说，"也真亏桂女忍得下来，这赵永旺和赖珍珠简直就是过了明路，这里的人谁不把他们当夫妻看，桂女倒成了前妻。"

原来是这么一回事！我听得津津有味，心想赵永旺看上去一本正经的，真想不到竟然这么风流，有两个老婆，也难怪赵家的孩子们相处得那么别扭呢！

"人善被人欺啊！"阿爸又说，"赵永旺没良心，我看他巴不得桂女死了才好！升官发财死老婆，这几样好事他哪样都不肯拉下。"

我听不懂了,问:"为啥死老婆也算好事?"

姆妈瞪了阿爸一眼,怪他口没遮拦,又敲敲我的头:"去去去,看你的书去,这是你一个小孩子该关心的事吗!"

二

跟爸妈闲谈过后没几天,我就见到了他们口中的桂女。

那天学校里老师搞教研活动,给我们放了半天假,我中午就回家了。刚到家门口,便看到一个矮矮壮壮的中年女人背着一只竹筐走过来。那竹筐沉甸甸的,她背着十分吃力,筐子最上头用红布盖得严严实实的,看不出里面装了什么东西。她紧紧拽着肩上的草绳,两只手扣在胸前,我看到她的手,心里吃了一惊:我从来没见过哪个女人有这样难看的手!那双手是黑黄色的,手背上有几处紫红的破口,皮肤毛糙,指甲开裂,指头边缘嵌满了黑色的污垢,骨节畸形地突出,看上去像一截截干枯的老树枝,肮脏粗砺。

再看她的衣着打扮,也很不伦不类,上身穿一件松松垮垮的格子外套,好似小孩子偷穿了大人的衣服,外套的式样很老了,大翻领,高高的垫肩,但总算还比较整洁,下身的裤子却旧得不像话,膝盖和屁股的地方打满了补丁,花花绿绿的,脚上一双灰扑扑的解放牌球鞋,已经看不出原来的颜色了，更可笑的是，她明明一把年纪，头发都花白了，还跟小姑娘似的，梳着两条长长的麻花辫——这副样子，说实话，来要饭的叫花子都比她体面！

那女人见我盯着她看，朝我咧嘴笑笑，带着点不好意思的神情，十分憨傻，仔细看，眉眼倒长得很和善。她走到赵家门口，敲了会儿门，嘴里大声喊着有凤的名字，但并没有人答应。看来她应该是赵家乡下的穷亲戚，我过去跟她说赵家的人都上班呢，有凤平时应该在家，这会儿大概也串门去了。她笑着应了声，就在门前的台阶上坐下了。

我不再管她，自己回屋里热饭热菜，等我吃完中饭，做了会儿作业，又端着锅碗瓢盆到门口的井边去洗刷时，已经过去快两个钟头了，我看到那女人还坐着呢。我想起以前有叫花子在我家门口歇脚，姆妈总盛一碗饭给他们吃，我想了想，问那女人："你要不要吃中饭？我家里还有一些剩饭剩菜。"

她被我提醒了似的，赶紧从竹筐里掏出一只搪瓷缸子，举起来给我看，笑呵呵地说："我带了饭的！"她掀开盖子，搪瓷缸子里是压得结结实实的白饭，上头有一小撮咸菜，她又从竹筐边拿出一双竹筷，用手抹了抹，就埋头吃起饭来。她吃饭的时候，嘴巴张得老大，每一口起码往嘴里扒三四下饭，要尽可能多地把饭塞进去，那架势像是有谁要跟她抢饭吃，狼吞虎咽的。满满一搪瓷缸子的饭，不多会儿她就吃完了，她一边用舌头舔着牙龈，一边走到井边，跟我打商量："姑娘啊，能不能让我舀点你家的井水喝，今天的饭太干了。"

井水怎么能喝呢？我阿爸说这口井是新挖的，水浑浊得很，而且水质也不好，我们都只用井水来洗洗东西，从来不喝的。我跟她说："井水不卫生，要不我给你接点自来水吧。"我拿过她手里那只已经磕得破破烂烂的搪瓷缸子，回屋接了水给她，她双手捧着，咕咚咕咚一气就喝完了，简直是牛饮，喝完水她用袖子擦着嘴，朝我呵呵地笑："这下真解渴了。"

正说着呢，我姆妈回来了，看到那女人很是意外："桂女，你怎么这时候来了？"

她就是桂女啊！我忍不住又去打量她。桂女跟我姆妈很熟悉，说话声音也敞亮起来："李师母，我来给他们送菜呢。"她揭开竹筐上头盖的红布，露出满满一筐蔬菜，她一样一样往外拿，摆到门口的水泥洗衣台上，茄子、豆角、丝瓜、空心菜、黄瓜、西红柿，最底下是整只的冬瓜，真是应有尽有。她每样拿了一些，硬要送给我家，姆妈极力推辞，说："你大老远背过来，辛辛苦苦的，还是留给有龙有凤他们吃吧。"

桂女笑着把东西往我姆妈怀里塞，说："够的够的，这次我拿得多，你看还有很多呢。"

姆妈没法子，只好收下了。桂女很高兴，手里整理着那些蔬菜，笑呵呵地说："地里的菜长得可快了，我跟婆婆两个人吃都来不及，可惜他们住得远，要是住在同一个村里，我天天给他们送菜过来，就省得他们浪费钱去买菜了。"她把黄瓜拿出来，比划着给我姆妈看："李师母你看，这黄瓜是我今天早上才摘下来的，还带着刺，我怕一路走过来被太阳晒坏了，特意盖着布，所以到现在还很新鲜。"

姆妈问她地里的活可还忙得过来，桂女掰着手指头算："刚起了土豆，接下去要收芝麻，番薯也熟了，今年收成好，我打算晒番薯干，到时也给你们家晒上一份，送菜的时候一起带过来。"

姆妈连忙摆摆手："这可怎么好意思，你一个人种地辛苦，自己多留一些。"

桂女认真地说："要的要的，你跟李师傅都是好人，你们家姑娘心地也好，送给你们吃我心里高兴。"

等到下午，赵家的人陆陆续续回来了，看到桂女，除了有凤叫了她一声"妈"，其他人都没跟她说话，有龙只朝她点点头，表情很冷淡。桂女一直站在赵家门口的洗衣台前，没有进屋，她把蔬菜交给有凤，叮嘱她怎么保存不会坏。赖珍珠今天特别忙碌，支使朱兰兰淘米洗菜，又忙着给有龙泡茶，说是工作一天辛苦了，让他喝杯绿茶清清肺，百忙中还高声指挥有凤："去搬张凳子出来坐着收拾。"那神气仿佛她才是有凤的亲妈，桂女看了也没说什么。后来赵永旺回来了，有凤拉着他一起看那些蔬菜，站在赵永旺身旁，桂女倒露出了点局促的表情，她只管看着有凤说话，好像在解释什么："我早上就出门了，想着中午能到，把菜给你就回去的，没想到你不在家，所以等到了现在。"有凤"哦"了一声，桂女又自顾自说下去："你奶奶也都好着呢，我这一出门，就托隔壁的张大嫂帮忙照看着，饭菜我早上都烧好了，水也倒了几杯放在床边上，不会饿着渴着的。"

赵永旺听得不耐烦起来，转身往屋内去了。赖珍珠站在厨房里朝有凤喊道:"家里裁衣裳多下来的零碎布头给你妈装点回去,做做抹布也好的。"有凤答应着,拿起空了的竹筐跑到工作间去了。天暗了下来,赵家的客堂间里已经摆好饭菜,今天他们饭桌上的菜肴特别丰盛,有鱼有肉,还有一只全鸡,跟过节似的,蔬菜倒不多,赵永旺和有龙早就坐下开始吃了,女人们还在厨房里忙着,商量着要不要再炒个鸡蛋,还是蒸点酱肉,不一会儿劈劈啪啪的炒菜的声音传了出来,香气四溢。桂女一个人站在门口,默默低着头,好像在想什么,又好像什么都没想。

有凤捧着竹筐出来,里面装了半筐破布,她帮着桂女背上竹筐,也赶紧上桌吃饭去了。桂女走的时候还来我家说了一声,姆妈也不好挽留她吃饭,只能客套两句:"不再歇会儿,这就回去了?"

桂女笑呵呵地说:"不歇了,等下天黑得透了,路上看不见。我下回再来。"桂女往屋后的小路上去了,田埂间的路很不好走,可是桂女走得稳稳的,竹筐在她背上一颠一颠,看着比来时轻松多了。

三

我记挂着桂女说过的番薯干,巴巴地等了两个月,但是桂女一直没有再来。我很不高兴,心想桂女可别跟赖珍珠一样，嘴巴说得好听，实际上都是哄人的。又过了几天，我实在忍不住，就向姆妈问起这事，结果姆妈骂我不懂事，只记得吃，她说赵家老太太这段时间病得很厉害，身边根本离不开人，桂女成天家里地里两边跑，忙得跟陀螺似的，可把她累苦了，哪还有空做零嘴小吃呢。

果然不多久，就传来赵家老太太过世的消息，赵永旺急急忙忙带着全家赶回凤凰村去了，隔壁好几天不见人影。等他们回来，一家人却都喜气洋洋的，半点看不出刚办过丧事的样子，尤其是赖珍珠，更是忙得声势浩大，找人粉刷墙壁、换窗帘、买家具，赵家成天人进人出，热闹非凡——我真是看不懂到底发生了什么事！

同村的阿莲奶奶给我解了这个疑惑。阿莲奶奶住得离我家不远，她从前是在镇政府里做文书工作的，很懂法律，虽然为人有点啰嗦多事，心肠倒不坏。有一天她气冲冲地跑来我家，跟我姆妈说起赵家的事，说话时阿莲奶奶义愤填膺，胖脸涨得通红，看上去脸更圆了："我真是看不惯你们隔壁这户人家，欺负老实人——亏他们做得出来！"

"这又是怎么了？"姆妈赶紧给阿莲奶奶倒杯水，让她喝了消消气再说。

阿莲奶奶指了指赵家的方向，下意识地压低了声音说："也不怕天打五雷轰，老娘刚死，永旺阿狗就急着跟桂女离婚，条件都说好了，就等着去民政部门办手续，所以他们这些天等不及要筹办喜事呢！"

我和姆妈都听呆了。我问："家里刚死过人，可以办喜事吗?"

姆妈回说:"我们这里的风俗,一百天之内办喜事倒是可以的——不过这事有龙有凤也不反对吗?"

阿莲奶奶拍着大腿,声音又抑制不住地尖利起来:"就是这点气人呀!你们倒猜猜看,赖珍珠是怎么把两个小的收服的?"

据阿莲奶奶说,赖珍珠对要把自己身份转正这件事谋划已久,她早就知道赵老太太快不行了,因此老的不是问题,有龙有凤才是关键。她跟赵永旺说反正有凤一时没有合适的工作,不如跟着她学裁缝吧,技多不压身,就这样把有凤这小丫头笼络住了,赖珍珠还没正式开始教她呢,她就上赶着喊赖珍珠"师傅"。有龙呢,平常看着对桂女很冷漠,关键时刻倒是站在他母亲一边的,但是赖珍珠实在太厉害了,竟然想出了一个绝妙的主意来说服有龙:她让自己的女儿朱兰兰嫁给有龙做媳妇,两家人亲上加亲!

"这女人可真豁得出去啊!"说到这里,阿莲奶奶不禁感慨了一句。

"有龙同意了?"我很好奇。

"一开始是不肯的,后来不晓得怎么回事,就答应了。"阿莲奶奶说,"所以他们现在要同时办两场喜事呢,老的是结婚,小的先定亲,等朱兰兰高中毕业到了年纪,再正式登记。"

我姆妈听了唏嘘不已,她知道桂女娘家没什么人了,这一离了婚,孤身无靠,实在可怜。

前 妻

阿莲奶奶说赵永旺也是分了一点钱给桂女的,但是这过程说起来就更让人气愤了。赵永旺本来准备了几万块钱要给桂女的,但谈条件时,赖珍珠步步算计,一味喊穷,说日子过得有多么不容易,说得桂女陪着她抹眼泪,最后赵永旺竟然只分给桂女两千块钱就完事了。

"另外还每个月再给她一百块钱做生活费。"阿莲奶奶补充说。

"如今一百块钱也不够做什么事了!"姆妈叹道。

"我前几天在市集碰到桂女,我叫她去告永旺阿狗重婚罪,就算最后判不下来,多分点钱也好的——她死活不肯!"阿莲奶奶为桂女感到不值,连连摇头叹气。

我想以后应该再也看不到桂女了。村里知道这件事的人也都说除非桂女脑子坏掉了,才会再给这家人送米送菜。但是没想到立冬那天,桂女又出现在赵家门口,还是穿着那件松松垮垮的格子外套,两条花白的辫子垂在胸前,紫糖色的脸上带着憨憨的笑容。这次她的竹筐装得更满了,芝麻花生占了大半筐,另外还背了几袋小米、高粱,她跟有凤在门口交接了半天才把竹筐腾空。

过后桂女特意到我家来了一趟,拿了一大包番薯干给我,叫我赶快吃吃看,说是专门为我做的,这几天太阳好,晒出来的番薯干特别清爽香甜。正好阿莲奶奶也在我家闲聊,她看到桂女就骂她笨,为啥还要送东西过来,阿莲奶奶说:"要是我啊,宁可把东西扔掉也不给他们吃!"

桂女笑嘻嘻地说:"我们是一家人,不计较这些的。"

阿莲奶奶气得也笑了，大声说："你跟永旺阿狗已经离婚了，你现在是前妻，你懂什么叫前妻吗？就是跟他没有关系了——还一家人呢！"这番话把桂女说得愣住了，屋里安静下来，姆妈和我也不知道要说什么才好。这时候隔壁传来一阵突兀的嬉笑声，仔细听是有凤跟朱兰兰在打闹呢，不一会儿又听到赖珍珠笑着训斥她们的声音，很快把两个女孩的动静压制下去了。桂女双手抓着辫尾，厚嘴唇抖动着，却说不出话来。

姆妈看她可怜，换了个话题，问她近来好不好。桂女"哦哦"两声，回过神来，方才慢慢地告诉我们她的情况。赵家老太太过世之后，赵永旺就把凤凰村的老房子卖掉了，留了院子前一间小门房给她住，那种门房只有几个平方，是用来堆放柴火和稻谷的，买主觉得这小房子用处不大，让桂女住着相当于找了个人替他们看家，反而安心，所以也就答应不要了，桂女说她自己还有一点土地，种种粮食吃是足够了。

这下连我姆妈也听不下去了，啧啧连声："当初不是说好了老房子要留给你住的吗？"

桂女搓着手，笑说："我一个人，一间门房住着也够了。"

阿莲奶奶摇头说："这不是摆明了要赶你走吗！"

"不是这样的！"桂女急忙解释说，"是有龙要结婚了，小两口想在镇上买房子单独住，他们也不容易，处处都需要用钱。"

"他们就差那点钱？我实话告诉你，房子他们早就买好啦，就在农机站边上，我进去看过，装修得富丽堂皇的。"

阿莲奶奶说："也就是你，才会相信他们缺钱。"

我姆妈不想说这些让人难过的话，只关心桂女的日常起居，问："那你烧饭怎么办？"

桂女说："我在门口搭了个灶头，另外还有煤油炉，很方便的。"

阿莲奶奶冷哼道："你就为他们说好话吧，到了寒冬腊月，你那间小门房，可不冻死你——看你到时候还怎么说！"

桂女走了以后，阿莲奶奶还跟我姆妈议论了很久，她一边说桂女傻，一边大骂赵永旺和赖珍珠不要脸，说到激动处，面红耳赤，唾沫横飞。我咬着番薯干坐在边上听着，觉得阿莲奶奶骂得很对！最后姆妈叹着气结束了这次闲谈："清官难断家务事啊，他们一个愿打一个愿挨，我们旁人也只好看看算了。"

四

后来赵家的两桩喜事都在一百天之内办好了，时间虽然紧张，排场可一点不小，特别是有龙和朱兰兰的订婚宴，是在镇上最豪华的宾馆里请的客。我家是近邻，赵家下了帖子给我们，赖珍珠还亲自过来叫我们一定要早点到场。我阿爸看不起赵家的做派，他认为要是从老的两个那头算，那么赵有龙和朱兰兰就是异性兄妹，怎么能结婚呢？要从小的两个这头算，赵永旺和赖珍珠是儿女亲家，竟然还要做夫妻，更是不像话！所以我阿爸坚决不肯去喝喜酒，姆妈只好带了我去。

那天赖珍珠俨然是赵家的女主人，她春风满面地前后招呼着，赵永旺反倒没什么声音。我在现场找了半天，没看到桂女，我问姆妈："桂女不是有龙的亲妈吗？她怎么不来呢？"同桌坐着一个赵家的亲戚，闻言抢着告诉我们："你们不知道吧？桂女被汽车撞死啦，就是前不久的事。"

那人说桂女是死在给赵家送东西去的路上的，她赶了个大早出门，十二月的天亮得迟，那开黄沙车的司机又大概瞌睡没醒，竟把车开到路边，不止撞到桂女，还撞翻了木材市场的两间门面房。桂女当场就不行了，竹筐里的米撒了一地。

饭桌上的人纷纷小声讨论起这件事来。

"听说最后赔了五十万，都给了有龙——还是死了好啊，桂女辛苦一辈子都挣不到这么多钱。"

"这钱应该拿到手了吧？"

"拿到手了，要是没有这笔钱，今天的宴席还不能办得这样体面呢！"

热菜上来了，大家打住话头，同桌的男人们打开白酒，于是喝酒的喝酒，吃菜的吃菜，订婚宴正式开始了，没有人在意桂女的缺席。在人声鼎沸的宴会厅里，我却禁不住想起桂女最后跟我们告别的模样，她背着空荡荡的竹筐，肮脏粗大的手抓住花白的辫尾，她始终憨憨地笑着，跟我们说："我回家了，下次再来看你们。"那天路灯昏黄的微光映在她身

前　妻

上，把她的背影拉得老长老长，我看着她穿过桑树林，走在黑暗的田埂间，她的背影越来越小，越来越模糊，最后完全融入到没有光的世界中，再也看不见了。

青 青

青青家住在一条弄堂里。这条弄堂长、黑，口头看进去黑漆漆一团，有点怕人。这种弄堂在镇上是很多的，上头铺着楼板，是住人家的，因此弄堂里是不见天日的。日里也黑乎乎，而且灰尘蒙蒙。但青青家住的弄堂又有点特别，这条弄堂是不通到外头的，最里面是一个墙院。一些七老八十的老头子坐在墙根晒太阳时说起，老早的辰光有个落难皇帝就是吊死在最里头那个墙院的大门上的，所以本地人叫这条弄堂作"鬼弄堂"，一般没有事体是不会走进去的。

其实这条弄堂本名叫御驾弄，弄堂里有好几个墙院，本地人称为墙门，一个墙门里住几户人家，青青家就住在最里头的那个墙门里。弄堂里不见天日，墙门里却是亮堂的。一进门是一大块空地，归大家公有，老早的时候有人种了点芭蕉、香樟、泡桐，到现在已经长得蛮高蛮大，特别是有几株香樟树,树干有两个小人合抱那么粗,叶子茂茂密密,越到上面越是颜色浅,黄盈盈的绿,有点半透明,像翡翠。墙门里的人都讲香樟树长得起就是发得起,格里风水蛮好。另外空地上还有人家安放的鸡棚鸭棚,三四块洗衣板,是很邋遢的。再进去是住人家的,房子有点旧、破,墙壁上面有小孩子画的粉笔画,下面一点便是青苔,再下面一点是草,小鸡草车前子毛耳朵马兰头,长得蛮多。

青青小辰光一点也不漂亮,也不听话,日日同墙门里的一伙男小人拆天拆地,有两次还要爬到香樟树上去,弄断几根树枝才肯安耽。墙门里有个阿毛娘要讲她,讲了她还不够,夜里还要告诉青青姆妈。青青姆妈是厉害人,要面子,听了阿毛娘的告诉就骂青青,骂得很凶,有辰光还要打。青青姆妈是做裁缝的,打她时用尺,打手心。青青阿爸是老实人,老婆管教女儿的时候他是不吭声的。只有青青奶奶会劝几声,一面劝青青姆妈,一面骂青青不乖。打一回,青青就哭一回,过一歇又要野出去,跟男小孩们捉"强盗山"。一直到很夜,要奶奶靠在门口喊:"青青,吃夜饭了!青青,吃夜饭了!"

青青家很小,只有两间平房。青青跟奶奶一起住间小的。房间里放两张小眠床,还要堆放点杂物。青青姆妈裁衣服多下来的破布头舍不得掼掉,装在蛇皮袋里,摆在眠床前头,积多了拿到收破烂的店里卖掉,七八分钱一斤。眠床底下摆了一些纸板箱、空酒瓶、废报纸,还有两三只装农药的瓶子。这些农药是夏天用来药蚊子的,大墙门里草多树多,到夏天蚊子也多,青青姆妈嘴巴上讲不相信杀虫剂,实际上是心疼钞票，只向乡下亲戚要点农药，装在空盐水瓶里摆在角落里，夏天掺了水用喷洒器打蚊子。

青青一日一日大起来，越变越乖，特别是奶奶瘫痪以后。

奶奶是出门不小心被自行车撞了以后中风瘫的，只好日日躺在床上。青青日日搬个板凳坐到奶奶的眠床前头，抱一沓小书看。奶奶要水，青青就放下书跑到外边倒一杯水，有时还记得拿一块绍兴香糕进来。奶奶年纪虽大，牙齿还很好，还咬得动香糕。

奶奶在床上一瘫就是好几年。

后来青青上初中了。每天一大早起来发炉子烧泡饭，自己吃好弄好再盛一碗泡饭夹点咸菜摆到奶奶眠床前，然后才急急匆匆到镇东面的中学去上课。墙门里的人都讲青青乖、孝顺。但青青的功课不好，数学英语老是不及格，青青姆妈自家很要强，女儿成绩不好她面子上过不去，因此很恼火，规定青青每天晚上做五十道题目，还要背书。青青晓得姆妈是为她好，很听话，每天搬张板凳扑在床上做题，有时候停电了，点了洋油灯再做。这样做了一年，青青成绩没有好起来，眼睛倒近视了。青青姆妈还是经常要骂她。这时候奶奶也不劝了。奶奶自家晓得这样瘫在床上是拖累儿子媳妇，心里不好过，青青姆妈心眼是好的，但脾气不好，有辰光烦起来要凶几句。青青很乖，姆妈骂两句也不顶嘴，也很照顾奶奶。

重阳节那天，奶奶想着吃栗子糕，也不跟青青姆妈说，只告诉青青要她到花园桥头的老店里去买。栗子糕是用糯米粉做的，掺了糖，蒸一大块，喷香，上面再放点栗子肉、红绿丝，卖的时候用刀切成半斤一块、一斤一块。花园桥头老店里的栗子糕特别好吃，咬下去，软、韧、香、甜。

青青下课后特地从东横头绕到镇中心的花园桥头，买了半斤栗子糕，又急忙忙赶回家给奶奶。奶奶胃口很好，一顿中饭就把栗子糕吃完了，又说口渴，喝了一杯冷开水。

第二日奶奶就说胃疼，疼得越来越厉害，后来也不吃饭了，只能吃糖水橘子。青青姆妈节俭惯了，到底心疼几张钞票，还好奶奶也没拖一个月。青青姆妈私底下舒了口气。

奶奶出殡的时候，青青姆妈一路哭一路叫，青青也哭，但不叫，哭得眼泪汪汪，眼睛鼻头都红通通，还要照旧去上课。

屋里少了个人，有点冷清。夜里青青一个人睡，想想奶奶，有点怕，睡不安耽，有辰光就爬起来画图画，弄到深更半夜才上床。第二日一早还要起来烧早饭，再跑到学校去。后来时间长了，也就习惯了一个人睡，心里不怕了，但晚上还是睡不着，仍旧要画画，到很晚才睡得着。有几个男同学晓得青青喜欢画画，就借给她一些画本，青青看了画，画了看，后来也渐渐画出点小名气来，把画拿出去给别人看，都说好。然而青青姆妈却不晓得这些，只晓得女儿现在越来越用功了。青青的画积多了，一沓沓捆起来同废报纸、纸板箱一道塞到床底下，有空的时候青青会拎到废品收购站去卖掉。

再过了一年，青青初中毕业了。她想考美专，青青家里算计几张钞票，不让她去考。青青一向很听姆妈阿爸的话，也不敢多讲，只是哭，哭了一日。傍晚，阿毛娘捧了饭碗踱过来同青青姆妈讲天，讲起前头墙门里一个女的也考上了美

青青

专,现在工作蛮好,钞票也多。阿毛娘讲:好格,小人喜欢,让她去考,不错的。青青姆妈听听心里有点活动,夜里同青青阿爸嘀咕了半日。后来青青就去考了美专。

青青的图画画得果真好,考上了美专,过了两个月,青青就到城里去读书了。青青读书读得蛮有味道,画画图、看看书,一个月才肯回去一趟,有辰光一个月也不高兴回去。青青姆妈不放心起来,到城里学校去看了两回。每回看看都没有事体,青青读书蛮好,也蛮用功,老师也喜欢她,青青姆妈也就放心了。

一个学期完了,青青回家过寒假。这辰光青青好像一下子漂亮了许多,眼睛眉毛还是同以前一样,穿得也不是蛮好,但就是看了舒服,人也长高了许多,背个画夹,提个包轻轻便便回来了。

开头两日青青姆妈真要宝贝死了,天天买菜,还歇了两日的裁缝生意。没有几天也就继续开工了,年脚边裁缝生意蛮好,青青姆妈想想歇工实在不划算。每日青青姆妈出去前总要交代一声:不要野出去,中饭自家一个人烧来吃,夜饭阿爸会回来烧的。青青都蛮乖地答应了。开头几日青青待在屋里收拾收拾房间,做点家务,或者对牢墙门里的几株香樟树画画。后来有个穿灰风衣,也背个画夹的男同学来叫她,每回都在墙门口一站,青青看到了,两个人笑一笑,然后青青就匆匆拿起画夹跑到门口,同他一起穿过黑而长的弄堂出去。不过每日青青都赶在阿爸到家前回来,青青晓得姆妈阿爸要骂的。

这样过了几日,青青姆妈还是晓得了。这是阿毛娘同她谈天的时候讲起的,青青姆妈打听得清清爽爽:穿灰风衣的是西面茶店前摆鞋摊的老皮匠的儿子,也是学画画的,家里穷。青青姆妈讲男孩子学画画没多大出息,叫青青不要再同他一道出去。青青低了头听,一声不响。

第二日上半日,小皮匠又来了,也是站在门口,背了个画夹,穿件灰风衣,朝青青笑笑,不走进来。青青正在看书,坐在门口。冬日的阳光淡淡洒落,青青坐在阳光里,看到他,迟疑了一会儿,便站起来走了出去。他们是到河边去写生。这日阳光很好,碎金般抖落在他们头发上、肩上、脚下,河边的风却有点大。青青没有带画夹,就坐在旁边看他画,小皮匠画得蛮好。青青心里有点怕,看不安耽,她是怕姆妈知道。结果回去姆妈阿爸一点也不知道,后头几日小皮匠再来,青青又急急匆匆拿起画夹就跟他一道出去,一路上也不多讲话,到河边就画画,有辰光笑一笑。本来是蛮开心的,但现在又多了点担心。

青青姆妈还是晓得了,她气了,顺手拿起一把裁缝尺就打落去,一边还骂:不听大人的话,小皮匠有啥好,还要同他一道出去。正好这两天也没有生意,青青姆妈就待在屋里看牢青青,不让她出去。小皮匠又来了,青青正好在门口择芹菜,一抬头看到他,一呆,刚要走过去同他讲两句话,青青姆妈就看到了,她正在掸灰尘,手里拿了鸡毛掸子走出来就朝青青夹头夹脸打过去。

青青虽然是小孩子,也晓得要面子,当了小皮匠的面被

青 青

姆妈这样打骂,她真要哭死了。也不怕姆妈了,就一个人跑到房间里锁上门哭。青青哭起来是没有声音的,就是掉眼泪,擦掉了还有。青青姆妈还在外头一边用鸡毛掸子打门一边骂。实际上她心里还是蛮宝贝这个女儿的,怕青青真的跟了小皮匠要吃苦的,她晓得小皮匠家里没有钞票,很穷的。但是青青这辰光是想不到姆妈的苦心的,她只是伤心丢了面子,想想又恨姆妈太凶,从小到大都管得她死死的,只有奶奶待她好。青青哭了一阵,越想越没脸再去见人,看到眠床底下有一盐水瓶的农药,也不多想,拿起来就喝,喝了一大半又把瓶子盖好,仍旧放到床底下,自家到床上去睡好。

青青姆妈真要哭死了,把装农药的几只盐水瓶敲得粉碎。

小皮匠再来的时候仍旧靠在墙门口,看到里头办丧事,许多人哭得声音震天响,再看看,隐隐约约看到摆在正中间的照片,待了半日,就回头走了。后来小皮匠再也没有到过御驾弄。

有一段时间镇上的很多人都在说青青。他们说青青看看很文气漂亮,但是一点也不乖,同姆妈吵架,还脾气蛮大吃农药。说得很厉害。过了没多久,也就没有人再讲起青青了。

阿　金

阿金奶奶常常讲起阿金小时候的轶事，讲得最多的是一个夏天的午后，喊破喉咙遍找阿金不着，一转身，却看到小小的阿金端端正正地坐在桌子底下，黄嫩嫩的小裙子在地上铺成一个完整的圆，乌溜溜的大眼睛好奇地看着奶奶，一边使劲地吮着四分钱一根的赤豆棒冰。

实际上，小时候的阿金是难得那么安安耽耽不要大人操心的。

夏天热，小镇上的人有乘凉的习惯。太阳刚落下，天还是干净明亮的一片蓝，主妇已经开始在洗一家大小换下的衣服，男人们便用井水冲凉了柏油马路和路边的小块水泥地，和一些老人小孩搬了竹椅坐下，扯扯空天。条件好一点的搬一张竹榻或是藤椅，泡一壶茶。到天开始暗下来的时候，主妇们也加了进来，扯的话题也渐渐扩大，讲到兴奋处，主妇们男人们常常把拖鞋踢到一边,脚就搁到别人的竹椅上,一手用蒲扇敲着赶蚊子,一手逸兴横飞地比划。镇上天天有新闻,大人们就有讲不完的话题,谁家的女儿嫁了谁家的侄子,隔壁老太太同媳妇吵架,或是看到单位里同事的女儿同不三不四的人作道,都是讲的内容。镇不大,来来去去的人都是熟面孔,搭来搭去都有点亲戚同事关系,有时候叫不上名字,却知道这个是同事的丈人老头儿,这个又是伢儿同学的阿爸。但小孩子不喜欢听新闻。小孩子喜欢玩。阿金是其中玩得最野的一个。大人们讲得顶味道的时候,一群小孩子凑在一处喊喊簌簌一阵,便各自蹩到爷爷奶奶阿爸姆妈的边上,看看大人没在意,便一矮身,将踢在一边的拖鞋拿走,然后将鞋整整齐齐列在路灯下的空地上,再大喊一声:"领拖鞋喽!"就一哄而散不知躲哪里去了。大人们便骂骂咧咧光了脚板过去认出自己的鞋穿上,说歇一歇给细鬼吃个头颈记,然后又回过头去讲天。

  附近八九个年龄仿佛的小孩当中,阿金是最好看最聪明的,于是就理所当然地成了领头人,领了头去干那种促狭的营生。待到长大了一点,女孩子们文静起来,也像大人一样坐了讲讲天。男伢儿是不喜欢乘凉讲天的,男伢儿喜欢推了阿爸的脚踏车到附近中学的操场上学骑车,要摔破手掌衣服才肯收场。女孩子们很文气,三五个一道讲讲,但讲的不是镇上的新闻,而是盯牢路上,看到有穿得漂漂亮亮的女孩子被风头十足的男伢儿用脚踏车带过,便讲开了,讲一些这个女孩子是我们学校的,她的裙子真好看之类的话。阿金也一

阿金

道讲，讲的时候有点艳羡，脑子里一直飘着那件蓝底红玫瑰的裙子。女孩子到了阿金这个年纪是很想打扮自己的。

阿金真正学会打扮自己是在认识了阿石后。阿金是在高考前一年认识阿石的。阿石比阿金小两岁，但阿石早就不读书晃荡了两三年了，因此在阿石面前反而是阿金显得更天真。阿石是那种风头十足的常常骑了脚踏车带女孩子过马路的人。但阿金从来不让阿石骑车带她，也不跟他一起走亮着路灯的柏油马路。镇上的弄堂多，他们就穿弄堂。一条一条黑乎乎的弄堂，看不清路，偶尔弄堂口会有一盏很昏暗的白炽灯泡。一般的女孩子都怕走黑弄堂，特别是夜里，但只要有阿石陪着，阿金就感觉很安心，什么也不怕。她会很轻松地跟阿石讲讲白天学校里的事情。阿石心不在焉地听着，忽然就提议：阿金我们还是去看场电影吧。镇上只有一个电影院，晚上人多。阿金犹豫了一阵子。阿石又说：我们去看第二场，天黑了，不会有人看到的，看完回家刚刚好。那时阿金正参加高考复习，日日要弄到很晚才回家。复习虽然紧张，但只要阿石来叫她一声，阿金一定跟他出去，课也不上了。阿石花样很多，对阿金来说，那真是令人眼花缭乱的一段日子，她永远都猜不到阿石的下一个安排是什么，他总是一副心不在焉的样子，但他总是会在突然间说出新主意。那段日子，阿金总是很热切地在期待中。

阿金的姆妈是在弄堂口看到阿金和阿石在一起的。那时候阿石送阿金到弄堂口，刚刚讲定下一次出去玩的时间，阿金就一眼看到了姆妈，脸色一变。待到阿金姆妈过来时，阿石早不知溜到哪里去了。这以后阿金就难得独自出一回门了。上学放学由阿爸用脚踏车管接管送,回家就关了门看书。阿金的房间在二楼,窗子里看出去正好是街上。有几次阿金远远地隔了一条街看到阿石。他坐在脚踏车上,一只脚搁在路边的石头上,和他一起的还有其他几个男伢儿,全都在树荫底下,隔了一路黄昏的阳光看过去,是阴阴的一群,仿佛另一个世界的人。

阿金在高考前些日子听说阿石出了事。那时她已经有两三个礼拜没看到阿石了。别人都说阿石那个火暴脾气不好,看看现在果然出事了吧,打架打到牢房里去了。阿金想大概是真的,阿石的脾气是不大好,有时候跟她也会吵起来。

后来阿金的高考理所当然地落了榜。

当时阿金老是恍恍惚惚地在想:以后大概看不到他了。

三年的时间一下子就过去了,阿金真的再也没有看到阿石。那时候阿石的形象已渐渐淡化,记得住的也只有那种心不在焉的神情,还有就是窗口那一瞥:黯淡的树荫,一大群人,阿石是突出的一点鲜明的形象。阿金所能记得的,也就只剩下这么多了。

阿金早已脱了当年的稚气,乘凉的时候再也不见阿金,但阿金的名字还是常常被提起。别人问起阿金奶奶,说:"你们家阿金也不小了,前几天到你们家来的那个男伢儿眉清目秀的,总该是了吧?"阿金奶奶就笑笑,说:"阿金还小,还小,男伢儿倒是不错的,蛮好。"到底好在哪里也不说,但别人一打听就打听出来了,是家世好。知道阿金和阿石那件事的

阿　金

人都说，还好上回那个出了事，不然跟了他也是要吃苦的，现在阿金到底长大了，懂事多了。但隔了不久，眉清目秀家世好的男伢儿又换了个黑黑壮壮的个体户。这也好，人家又讲，钱多嘛，实惠。

阿金身边的男伢儿换得多了，讲的人却少了，偶尔提起，总说：比出了事的那个总要好。然而阿金不是这么想的。阿石的印象早消退了许多，但感觉上其他人总缺少了一点什么，阿金也说不清楚，但每次阿金急急冲冲跑过弄堂时，都会想起阿石，想起和他一起穿弄堂时的自己那种罕有的安心与大胆。至于钱，阿金想其实钱也不用太多，够用就好，有时候钱多了反而会生事。

后来的阿涛就是没什么钱的。阿涛初中没毕业，找了临时工做，这里做几个月，那里做几个月，混着过日子，仅有的几张钞票又吃光用光，是铁了心要靠父母老本的。然而阿涛对阿金很好。冬天阿金上夜班，阿涛总要去接，大衣热水袋都准备得妥妥帖帖。阿金的脚踏车旧了，就买辆最新款的给她，自己骑那辆旧车。一开始阿金家里也不同意，阿涛就天天下班后到阿金家里去，帮忙拖地买米烧菜烧饭。做到后来，阿金爸爸就给阿涛弄好了工作。阿涛就认认真真开始上班，夜里也不大出去搓麻将赌几局了，慢慢就安定下来。阿金想这样也不错。但别人不这么想。别人都说阿金傻，不会算计，介多男伢儿由她挑，却喜欢同这种不三不四的人一道，本来那个出了事，现在这个没钱没势不说，还不务正业，也好不到哪儿去。并且断言：看着好了，不出几个月又要换个男伢儿了。阿金有时候也听到背后的议论,阿金从来不理会。

  阿金不上班的时候就帮阿涛织毛衣或者背心手套什么的,有时候靠在窗口看看街景。五月的街头一树一树的香樟叶变黄变红,风一吹就纷纷落下来。香樟是春天落叶的植物,一边落也一边长着,从来都没有落尽的时候。阿金看到几辆扎了彩带的轿车停在路边,爆竹声中,新娘自车内由新郎搀出,缓缓走向喜宴。一阵风过,红的黄的树叶落下来,打在行人身上肩上,如满天飞花,新娘行步其中,若画中人。

  阿金有点向往有点伤怀,怅怅地想:就是他了吧。

青 莲

一

　　关于青莲嫁给绍兴佬的缘故，墟镇的人一直说法不同。较普通的一说是绍兴佬本分可靠，粗粗壮壮的一条汉子，稳健老实，青莲就是看中了这一点。还有一说是绍兴佬木头木脑，所以才肯要青莲这个带拖油瓶的二婚头。但说来说去，都是外人在说闲话，真正的缘故也只有青莲和绍兴佬自家清楚。

　　青莲嫁到墟镇的时候，着实热闹了一阵。

　　绍兴佬不住在绍兴，住在墟镇。墟镇靠近杭州，是典型的江南小镇，多弯弯曲曲的小河道，房子依水而筑，有廊檐、美人靠。镇上的人爱凑热闹、好讲闲话。青莲二婚，人又长得标致，嫁给了绍兴佬，这在镇上是件不大不小的新闻，因此，青莲刚嫁过来的一阵子，就常常被人们提起。

青莲是坐着船过来的。绍兴佬的家门口有一座石桥，有点年代了，两侧桥身的青石上长满青苔、枸杞、杂草，桥身并不长，拱形如月，老镇的人称之为花园桥。青莲来的时候，船慢慢摇过花园桥洞，过去一点就是一个河埠头，岸上济济的是看热闹的人。船还没靠岸爆竹就响起来，窜到半空一声巨响，炸开，红的、黄的纸屑就落下来，漂在暗沉沉的河上。青莲穿了红衣红裙，但没有盖红头巾，利索地走上河埠头。软缎绣花的红鞋被水溅得湿了，踩在湿漉漉的青石板上，噗噗轻响。旁边看热闹的人多，看到青莲都一呆，有的人就叫："哎唷，新娘子真好看！"又窃窃私语："这绍兴佬倒有福气！"绍兴佬站在门口，只知道笑，说不出话来。但是紧接着又从船上跳出一个细丫头，一身新崭崭的花衣裳，黄头发梳成两条朝天辫，夹七夹八地跟在青莲身后叫："姆妈姆妈！"大家都是一呆，再看看绍兴佬，还再笑，笑得有点僵。过一会儿，人群里有人说："细丫头长得真难看，一点也不像新娘子。"

每天清早，青莲都早早起身，屋里屋外收掇得清清爽爽，把绍兴佬的早饭准备好，装在搪瓷盒子里，再看着细丫头一蹦一跳地去上学，然后就搬把竹椅子坐在门口做活计。这一带的房子都是临水而筑的，屋子里黑，女人们都喜欢在屋门口做生活，青莲和她们说说笑笑，倒也并不寂寞。过一会儿，就有载了新鲜蔬菜的小船晃晃悠悠地从乡下摇出来，青莲就放下手中的活计，买点新鲜的菜，再到河埠头洗洗汰汰，绍兴佬细丫头回来的时候，青莲刚刚好把热菜热饭端上饭桌。

青　莲

　　时间长了，讲闲话的时候就不大有人提起青莲了。青莲总是坐在门口，勤勤恳恳地缝缝补补，活计不断。绍兴佬脚上的鞋都是青莲坐在门口做出来的：黑的鞋面，纳得密密细细的底，穿着合适舒服。穿旧了青莲又给他换上新的。绍兴佬脚上的鞋，总是新崭崭的。

二

　　不久，河对面开了一家粽子店。店老板也是外乡人，年纪轻轻的一个漂亮小伙子，可惜左脚是瘸的，走路一拐一拐。镇上人不大看到他走路，他总是坐在铺子里裹他的粽子，不忙的时候就看到他望着河水发呆。眉清目秀的店老板不大说话，人家来买粽子，他总是笑笑，有点腼腆。过了些日子，镇上人都知道了他叫阿毛。都说阿毛裹的粽子好吃，买的人很多，阿毛的生意蛮红火，但阿毛还是和以前一样，不大说话。

　　青莲不大到阿毛那里买粽子，但感觉上，青莲似乎与阿毛并不陌生，她在门口纳鞋底的时候，总看到阿毛在对岸埋头包粽子，偶尔他们还会互相笑笑，点头打个招呼。

　　镇上的人喜欢吃阿毛裹的粽子，跟着就关心起阿毛来。有不少人要给阿毛介绍对象，阿毛总是红着脸摇头，从来不肯答应。时间长了，人们的热情也就冷了下来，不太有人再关心阿毛的终身大事了，阿毛自己好像也不心急。有时候大家聊起家常，都说：阿毛真是个怪人。青莲听着，偶尔附和几声：真的，有点怪。

端午节，青莲也去买粽子，想给细丫头解解馋。青莲走过去的时候看到阿毛闷了头在铺子里裹粽子。青莲说："买两只粽子，小一点的好了，要肉粽。"阿毛笑笑，问："细丫头要吃？"青莲也笑笑，说："是呀，细丫头馋嘴。"阿毛接过钞票，转身一拐一拐到锅里拎出一大串粽子给她。青莲不拿，阿毛的手就不肯收回去，青莲怕欠情，后来就刻意地不去买粽子了。但细丫头早上去读书的时候总是要路过阿毛的粽子铺，阿毛一定会喊住她，给她一只粽子，都是特地裹的。

青莲知道后，要给阿毛钱，阿毛执意不肯收。青莲心里过意不去：人家一个外地人，年纪轻轻，腿脚又不便，做点小本生意也不容易，老是白吃他的粽子怎么好意思呢？思前想后，青莲就做了两双布鞋给阿毛，和绍兴佬脚上的鞋一样，是黑布面，底纳得密密细细，很经穿。阿毛没有推辞，笑了笑就接过了，但从没见他穿过。青莲想也许尺寸不大对，穿着夹脚，但又不好意思去问阿毛，于是也就再没有给阿毛做过鞋。

不知怎么，有人知道阿毛老是给细丫头吃粽子，就开他玩笑：让细丫头叫你干爹吧。阿毛听到这些话，只是一笑而已，也不和人争辩。人家见阿毛不开口，就得寸进尺：我给你做个媒吧，找个长得和青莲一样标致的姑娘。阿毛听了这样的话，就有点生气的样子，正色说：不要乱讲。人们不大看到这个老实人生气，就故意要逗逗他，总拿青莲和他开玩笑。说得多了，人们就习惯把阿毛和青莲连在一起，甚至还说：阿毛和青莲倒是很相配的嘛，两个人都长得好，虽说一个腿瘸，但另一个是二婚，其实他们两个倒是一对。

有时青莲也听到这些话，她想镇上的人爱开玩笑，并不往心里去。阿毛照样开他的粽子店，青莲也照样在门口做活计，相安无事地过着日子。

三

一日绍兴佬黑着脸孔回来，也不同青莲讲话，吃饭的时候手脚蛮重，掼筷子掼碗盏。细丫头不识相，还在饭桌上讲："姆妈，今天阿毛伯伯给我吃了一只细沙粽子。"绍兴佬筷子一掼，一个头颈记过去，细丫头莫名其妙挨了一下，痛得要哭。青莲不同绍兴佬吵，只是夜里睡觉时悄悄交待细丫头："不要吃阿毛伯伯的粽子，再吃阿爸要打。"绍兴佬黑了脸孔的样子有点吓人，所以细丫头不怕姆妈，怕阿爸，以后阿毛再喊她，她就急急忙忙跑，头也不朝粽子店看。

青莲其实心里是有点委屈的。她知道因为她是二婚，绍兴佬常常被别人取笑，平时说笑时和人争点什么，别人也拿这个来堵他的嘴，所以她总是注意着自己的言语行动，战战兢兢小心翼翼地过日子，不给绍兴佬丢面子。她和阿毛之间话也说不上多少，只是看他喜欢孩子，对细丫头很好，才有一点交往,说她和阿毛有什么,真是无从说起。

但青莲不想和绍兴佬争吵。她并不是心虚,而是对绍兴佬怀着一点感激的知遇之感的。那时候她拖着一个孩子在乡下过日子,孤儿寡母的,还经常被别人在背后指指点点,只有绍兴佬没有嫌弃她,嫁过来之后,对她也很好,对细丫头也很好。青莲想:他是个好人啊。再为绍兴佬想想,他在外面听了这些话,怎么能高兴呢。

于是青莲不到门口做活计了,出门也情愿绕个远路,尽量不往阿毛的店门口过。有时偶尔看到对面的粽子店,阿毛还是老样子,不停地裹着粽子,但不大看得到他笑了。人家都说阿毛现在真难讲话,开开玩笑就要生气,也总不讨老婆。日子慢慢过去,阿毛真的成了名副其实的怪人。

日子慢慢过去,青莲的手脚也慢了,没有时间做鞋,渐渐地青莲不纳鞋底了。青莲做的布鞋虽然经穿,但时间长了,也破了旧了,也就扔掉,渐渐地,绍兴佬脚上的鞋换成了草绿色的胶底解放鞋。

四

日子好像门前的流水,载着桃红柳绿的好光景一天天过去,从不回头。好像只是一眨眼的工夫,细丫头已经有了一个和她小时候一样难看的小孩子了,大家都叫她小毛头。绍兴佬很喜欢小毛头，抱在手里不肯放，天天黄昏就抱着小毛头去窜门。等小毛头长到五六岁时，看到别人家的孩子吃粽子，也叫嚷着要，而且一定要阿毛爷爷店里的粽子。绍兴佬宠外孙女，也顾不得对阿毛的嫌隙，特地跑到阿毛铺子里去买。阿毛这个怪人，还是不声不响给他挑了一大串新鲜肉粽，而且一定不肯收钞票。

绍兴佬自己想想不好意思，过两日就拿了一大杯自家腌的正宗绍兴霉干菜送给他，阿毛倒是很爽快地收下了。一来二去，倒是绍兴佬和阿毛交起了朋友，等到小毛头长到大姑娘时，绍兴佬已经常常到阿毛的粽子店里去吃老酒了。

渐渐地青莲又搬张椅子出来坐坐，晒晒太阳，一边做些缝缝补补的针线活，偶尔抬头活动活动筋骨，看到阿毛，也和阿毛笑笑打个招呼。阿毛老了，走路瘸得更厉害，还是没有讨老婆。有人再说起当年的笑话，绍兴佬也就笑笑而已，笑得很自然。倒是青莲有点说不清楚的感觉。当年，那个英俊的外地小伙子到小镇上开了一家小铺子，镇上的人都喜欢这个年轻人，爱和他开玩笑，那时候，她也还很年轻，也喜欢听镇上的人说说家常，人们爱拿他们俩开玩笑，年轻时的阿毛听了这些话，总是笑得很腼腆。想起往事，青莲有点惆怅有点唏嘘。

像青莲这样的女人，一辈子守着她的一个家，心中从来没有自己，在她的内心深处，也许曾有波澜，也许一直很平静，但她的生活，却如门前流水，深沉幽怨而又平静缓慢地流逝，不会决堤不会泛滥。像青莲这样的女人，在老镇上是很多的，她们都很善良，生活得很平静，似乎也很满足，而她们内心深处的波澜，永远也没有人会知道。

有一日太阳很好，门前的河水闪烁着碎金般的光辉。青莲停了手里的活，把樟木箱拿出来晒。一件一件旧衣裳自箱子里拿出来，最底下是用红绸包着的一双鞋，软缎绣花的红鞋，是青莲做新娘子时穿的。青莲把鞋搁在花盆沿上晒。鞋还和当年一样红，而青莲，已经老了。

南方遗事

一

初夏的阳光一如既往地从碧蓝的空中投洒而下,温柔细腻地洒满整条肮脏杂乱的街道。这个南方的小镇,许多街道都是填平河道以后修筑的。现在小镇与许多其他的城镇一样没有区别,唯一遗留的能显示出江南格调的是街道两边房子前搭出的四五尺宽的廊檐。

十多年前的廊檐,充满了江南温柔细腻的风情。人们在尚未被填平的河道里漂洗衣物,然后将色彩各异的衣物晾在竹竿上,而竹竿搁在岸边的美人靠上,一直伸到碧绿的河水上。一只只乌篷小船就从这些挂满衣物的竹竿下穿梭而过,桨声吱呀吱呀,缓慢而沉重地留在河面湿润的空气里。

河道填平后,许多作为南方特有的细节被一起埋葬,廊檐作为一种遗落南方的痕迹,在多年后初夏明媚的阳光里显得破败而苍凉。多年后的廊檐已成为小贩和商人所占有的特定地段。商人小贩们在廊檐下搭起各种铺面，在南方特有的湿润多雨的气候里仍然照常生意。许多人在廊檐底下发了财，阿明是其中的一个。

  阿明的铺面在街尾，是整条街最不理想的地段，然而镇上的很多女人宁愿多跑一点路去找阿明。她们十分相信这个能说会道的年轻人。她们说阿明那儿的衣料好。阿明的生意因此很红火。

  阿明的铺面包括一张堆满零布的竹榻板，一个挂布匹的竹架子，很多鲜艳美丽的布匹，还有管理这些布匹的一个年轻的胖女人，这些连同阿明自己，在很长一段时间里作为老街的固定风景，维持不变的组合。

  初夏的清晨，阳光温柔细腻。阿明在廊檐底下整理各色布匹，阳光斜斜投射在阿明身上使他显得十分辉煌。然而阿明浑然不觉，他正把那些柔软光滑的布匹往横晾着的竹竿上抛挂，色泽鲜亮或淡雅的布匹密密地挨在一起，妥帖无缝，在阳光里发出炫目的光彩。阿明很满意自己的杰作。

  这时候阿明看到胖女人从对面的点心铺里走出来。胖女人趿着拖鞋穿过并不宽敞的街道，抬起一只手整理蓬乱的头发。街道上的阳光一览无遗地照在胖女人身上，胖女人身穿的松松垮垮的棉布睡裙显得不伦不类，使她看起来更加肥胖与粗俗。

  胖女人满身点心铺的油烟味，走进廊檐重重地坐到挂满布匹的竹竿前。她顺手撩起一块鲜红欲滴的真丝往自己身上一比，然后打着哈欠说：这块真丝质地还不错，就是颜色太艳了。胖女人松开手,鲜红的丝织品在竹竿上晃动起来,有一种柔弱无力的优美。

后来阿明常常回想起这个初夏的早晨,竭力搜寻一些异样的预兆,然而这个早晨如同其他许多个早晨一样美好而清凉。这在南方是个平淡无奇的早晨。

这个早晨阿明像往常一样收拾好铺面坐在一把竹椅上等待顾客,在等待的空隙他一如既往地和胖女人谈着夏季的生意及开着各种粗俗的玩笑。隔壁卖杂货的老头将各种制作粗糙但色彩耀眼的塑料手枪放在显要的位置以招徕顾客。老头一边收拾一边向两人打招呼。老头把胖女人称为老板娘,胖女人一直都顺溜地应。事实上整条老街的人都习惯称胖女人为老板娘,连阿明都记不得胖女人的名字。阿明也称胖女人为老板娘。

阿明在做了几笔生意后突然发现街道上的人异乎寻常地多,使得整个街道显得拥挤而狭小。阿明十分疑惑。今天是什么日子?他问胖女人。

星期天,今天是星期天,阿明你过昏日子了。胖女人在百忙中声音尖锐地回答阿明。这时阿明一早挂出的鲜艳美丽的布匹吸引了许多女人,胖女人正忙着与这些女人讨价还价。

一阵忙碌后人群散去,有一段十分清静的时间。这样的时间阿明在漫长的摆摊生涯中遇到多次,阿明通常用这段时间来考虑晚上玩乐的去处或者回忆各种看过的录像,有时候也回忆一些往事。而胖女人在帮他收拾被女人们翻得零乱的铺面。

今天生意真好。胖女人说。

阿浓就是在这个时候走过来的。阿明一眼就看到阿浓和其他三四个女伴一起走过来。有一刹那阿明几乎有点手足无措，也许因为阿浓是一个他曾经非常熟悉的女子，但那天他感到阿浓十分陌生十分遥远，于是他仔细地看着在渐趋强烈的日光中款款走来的阿浓。阿浓白衣紫裙，眉目如画，飘柔的长发使她显得十分妩媚。他发现阿浓美丽如昔。

这时铺子零乱狼藉，各种布料堆在竹榻板上，只有那块鲜红欲滴的丝织品依然挂在竹竿上。阿浓随手一捻，然后对女伴说：这块真丝质地还不错，就是颜色太艳了。

阿明发现她的话和胖女人的话惊人地相似。阿明想也许女人对衣料的看法都是相同的，也许女人对许多东西的看法都是相同的，尤其是关于美丽的看法。

阿浓在阿明的铺子里耽搁的时间不长不短，如许多普通的顾客一样。阿浓始终沉静自然，没有丝毫局促不安，就像顾客面对店主一样。阿明发现她好像没有认出自己，阿明想这怎么可能呢？但静了一会儿他又想：怎么不可能，她认识的阿明早死了，现在的阿明是个曾经锒铛入狱的摆地摊的家伙。

鲜红的真丝挂在竹竿上如一面孤独的旗帜，阿明一把将它扯下来，阿明发现那的确是一块十分不错的布料，手感光滑细腻柔软，如同握住整个南方的往事。

胖女人在数完了钞票后伸伸懒腰。你要不要到对面去吃碗馄饨？胖女人问。

阿明漫不经心地看着胖女人。胖女人的脸由于闷热而浮起一层汗，显得浮肿丑陋。

　　你为什么老是想着吃？

　　你为什么不能收拾得干净一点？

　　阿明说。

二

　　很多年后阿明依然在想：如果没有家杰这个人，或许整件事会朝着一个平常的模式平静地发展下去。但阿明又不能想象如果没有家杰，他的少年时代将会怎样苍白与乏味。

　　阿明的少年时代有很大一部分时光是在家杰家中度过的。在阿明的记忆里家杰的母亲是一个十分善良和美丽的妇人。阿明常常记起夏日的那些黄昏她在河埠漂洗他与家杰的衣服，微笑地看着他们在碧绿的河水里打闹的情景。而家杰，是一个文静秀气的男孩，对少年阿明的种种过火的行为永远无能为力。他清楚地记得一个黄昏阿明毫不犹豫地把只会抱着木盆划水的他一脚踢入水里。他记得阿明站在岸上得意地大笑，而河水十分冰凉，如同死亡的滋味。但后来家杰并没有淹死，家杰因此学会了游泳。

　　整个少年时代家杰一直是跟在阿明身后的一个文静秀气、胆小怕事的男孩，但多年后，当阿明在廊檐下与女人们讨价还价时，常常看到家杰的漆黑锃亮的奔驰轿车经过老街，阿明不止一次地看到美丽的阿浓坐在车内，车内的阿浓显得十分端庄与高贵。阿明时常看着丑陋的胖女人想：也许他与家杰之间发生过某种严重的错位。镇上的很多人都知道少年时代的阿明是一个非常聪明非常英俊非常讨人喜欢的男孩子。家杰的母亲对他的疼爱甚至超过了对家杰的疼爱，她常常抚着阿明的头说这孩子将来会有大出息的。

　　阿明想其实一切都源于那个奇异的雨天。

　　在南方，那只是一个十分普通的梅雨天，当阿明用脚踏车带着阿浓经过家杰的家门口时，太阳高照的天空忽然下起了大雨。于是阿明很自然地把阿浓带进家杰家中避雨。

　　那天恰好家杰一个人在家。家杰正在看一本厚厚的书。阿浓好奇地走过去掀起书面一看，是一本《百年孤独》。阿浓于是随意地问：你喜欢看这种书？当时阿浓短裙及膝，头发微微水湿，十分清新活泼。而家杰在这个美丽可爱的女孩随意的问话下显得局促不安。多年后当阿明坐在廊檐下回想当日的情景，他觉得那一天阿浓并没有显得特别美丽，反而那一天的天气异乎寻常。太阳雨下得白如面筋，闭了眼听雨声仿如瀑布，而阳光却特别强烈。阿明记得那一天的天空不同于雨季的灰黯苍白，那一天天空湛蓝，阳光如金。如果整件事的发生存在着预兆，那天的天气是唯一一个美丽而怪异的预兆。

　　这之后很长一段时间阿明并没有觉察什么，然而在这段时间里确实发生了十分微妙的变化。家杰这个不太爱说话的秀气胆小的男孩，一改平日的腼腆，已经有意识地固执地存在于阿明与阿浓之间。

等到阿明终于察觉时，这两个少年时代的好友之间已经陷入了一种十分滑稽而尴尬的模式。家杰不想对阿明解释什么，但这一次，为了自己喜欢的女孩，他已决心不再退缩。阿明感到莫名其妙，家杰一直是个文静的男孩，一切都乱了套了，阿明想。

阿明决定和家杰谈谈。

初秋的晚上，天气却十分闷热。在痛饮一番后，阿明终于把话转入正题。阿明破天荒地耐心地苦口婆心地劝说家杰，但家杰一改平日的温和有礼，他不发一言，却一直用一种蔑视的不屑的眼光瞥着阿明。阿明忍耐不住，他提高了声音：家杰你到底在打什么主意？

家杰翻翻白眼，说：我打什么主意关你什么事？家杰坐在一把老式的红木靠椅上，双脚搁起，姿势悠闲如他平日看书。看到阿明竭力按捺暴跳的神态，家杰越是故意地好整以暇。他信手拿起一块西瓜。瓜瓤鲜红，汁水顺着桌沿流下，在白水泥地上形成一个个奇异的图案。真是一只好瓜，是正宗的下沙西瓜。家杰细细地咬了几口西瓜说。

阿明觉得家杰的举动十分夸张做作，充满了挑衅，他终于按捺不住，拍着桌子说：家杰，你讲讲道理！

在他们的少年时代，两人也有争吵，但每次都在阿明发作后家杰自动偃旗息鼓。但那一天家杰反而暴跳如雷，他从靠椅上跳起来，指着阿明尖声叫道：你凭什么每次都要我让你？家杰拿着一块西瓜皮反反复复地叫这句话，声音尖利，歇斯底里。西瓜的汁水顺着他的手腕往下滴，而那块西瓜皮由于家杰的过度激动颤抖不已。阿明觉得这种情形十分可笑，家杰就像一个当街叫骂的妇人，他想他可不是女人，他不想和家杰对骂。阿明感到好笑，于是他冷笑一声。

阿明后来想当时如果没有那一笑事情也许就不会发生了，但阿明当时的确感到十分可笑。很多时候阿明都控制不住自己。

阿明的冷笑似乎提醒了家杰什么，家杰蓦地将手中的瓜皮甩了出去。那块西瓜皮不偏不倚正中阿明的额头，弄了阿明一头一脸的汁水，然后滚落一角，灯光下碧绿晶莹，清晰地留着家杰的牙齿印。

他们扭打起来。几个回合后阿明发现家杰根本不会打架，家杰像妇人厮打一样，紧紧揪住阿明的头发，阿明把他甩开，他又扑上来。不知道是谁先搬起椅子砸对方的，这场架已经打得双方都失去了耐心与理智，谁也无法知晓当时的情况，连阿明自己也无法解释他是如何顺手抄起桌上的不锈钢西瓜刀捅过去的，一瞬间他只看到大量的鲜血从家杰体内涌出，将两个人都染得鲜红。

当时阿明想：一切都乱了套了。

三

多年后阳光明媚的早晨阿明又一次清晰地看到阿浓。阿浓的秀丽妩媚使他有一种莫名的沮丧。他想整个过程的发展一定发生过好几次严重的错位。但事情就是莫名其妙地发生了，就像南方的梅雨天一样令人感到莫名其妙而难以接受。但阿明又想他不能怪阿浓，阿浓其实是个好女孩，但你并不能因为她是个好女孩而对她作出超过常人的要求，阿浓同时也是一个十分普通的女孩。阿浓后来与家杰的恋情对阿明来说是一件十分自然的意料中事。

阿明追溯了所有的往事后感到人生有时候真是十分奇妙。

胖女人在廊檐街上一直是毫不起眼的。像她这样邋遢而平庸的女人在充满生意经的老街上随处可见。但后来胖女人成了镇上的新闻人物，人们都没有想到这个看似愚蠢的丑陋的胖女人竟有着如此强烈的爱恨，竟会用这样一种惊心动魄的方式来发泄自己的悲愤。

事情起因于那个南方特有的美丽而温柔的早晨。

那个早晨阿浓平静自然地出现并离开，对阿明来说是整个故事无奈而惆怅的收尾，而对于胖女人来说，则是整个事件的一个平静的开始。

胖女人其实并不愚蠢。胖女人在整个夏季敏锐地感觉到阿明对她的态度变得越来厌恶。但胖女人又不够聪明，她想不出到底是哪里出了毛病。整个夏季阿明习惯在黄昏喝得酩酊大醉，而在清醒的时候，阿明则对她横挑竖拣。

你为什么总穿得像个捡垃圾的？你为什么不能收拾收拾？阿明十分不耐烦地对胖女人说。

整个夏季阿明和胖女人之间争吵不断，一个下着大雨的中午，两人之间又开始争吵。胖女人对阿明的指责恼羞成怒，她尖刻地叫骂：我再收拾也就这样！阿明你想想你以前的那副窝囊样，现在发什么威风！你有什么资格来拣精挑肥！

胖女人叫骂一通后发现阿明早已不见踪影，失去了发泄对象的胖女人啜泣起来。她感到很悲伤。这种情景引得老街上的人们窃窃私语。当胖女人终于平静下来后发现周围人们不怀好意的笑容和交头接耳时，刚刚平静下来的胖女人又愤怒起来。于是在一番指桑骂槐后胖女人就近与卖杂货的老头又起了一次激烈的争吵。

阿明赶到的时候正值黄昏。夏季的雨下得十分痛快，丝毫没有停止的意思。阿明看到人群正从老街的街尾散开，人群三三两两，阿明从他们脸上看到一种幸灾乐祸的表情。

在街尾阿明看到胖女人坐在满是积水的地上，棉布睡袍沾满了肮脏的水渍，各种美丽异常的布匹横在她身边，被雨水浸得湿润而鲜亮。阿明注意到胖女人苍白浮肿的脚踝边躺着一把鲜红鲜红的塑料手枪。

胖女人对着正在收拾满地塑料手枪的一脸指痕的老头继续叫骂。这使阿明感到一种不可抑制的厌恶。他讨厌女人的骂街厮打。其实他只是讨厌胖女人。阿明觉得胖女人像一块脏难看的破布，是他迫不及待想抛掉的。

这时一个十分可爱的小女孩由她文静娴雅的母亲抱着走过。可爱的小女孩指着胖女人说：妈妈，你看那个疯子。女孩的声音清脆动听。

阿明觉得小女孩的判断异常正确，于是他冲过去将胖女人拖进店铺。阿明愤怒地重复着小女孩的话：疯子，你这个疯女人，你看你像什么样子！

这一夜雨终于停止，星群闪现，夜空宁静美丽。而老街在宁静美丽的夜空下熊熊起火，火星一直溅上半空，形成一种辉煌壮丽的图景。火从阿明与卖杂货的老头的铺子开始烧，很快蔓延了整条木结构的老街。老街的人们狼狈地逃出木板房，与看热闹的人一起试图把火扑灭，然而火势一直持续着。人们很容易便发现了纵火者——那个肮脏粗蠢的胖女人。持续的火势烧完了整条老街，浓烟弥漫中作为南方遗留的痕迹——廊檐——消逝殆尽。

胖女人就以这样一种悲壮的方式绝望而哀怨地作了一次酣畅淋漓的发泄。

翌日清晨，阳光斜射到废墟上。古老而曲折的廊檐在烧毁后成为一片蓦然空旷的白地，在这个清凉如水的早上，显得十分平静和坦然。

多年后在廊檐的废墟上建起了别致新巧的仿古建筑，人们重温着一种已经变异的南方的古老和风情。而那时胖女人作为老街上唯一锒铛入狱的女人消失已久，为人们所淡忘。

就像南方所有的温柔细腻的细节被遗忘一样，南方所有的故事也渐渐被人遗忘，而只有阳光，南方的阳光总是一如既往的温柔细腻，眷顾着南方的人群。

后 记

这些短篇小说中所写的,大都是我童年和青少年时期的记忆,除《南方遗事》一篇纯属虚构外,其他各篇中的人物与故事多有一定的现实基础,或是我亲眼目睹所得,或是听长辈闲谈而知。写作过程中,我常将现实中分属于若干不同人的故事合在一个人物身上,以塑造艺术形象,亦即鲁迅所说的"杂取种种人,合成一个"(鲁迅《〈出关〉的"关"》)。这既是我的写作习惯,也是因为我暗自抱着"可以不触犯某一个人"(鲁迅《〈出关〉的"关"》)的想法。我感谢给我提供写作材料和灵感的故乡的人和事,行文中既有美化,也难免有刻薄讥讽之处,希望不致冒犯到任何人。

这十篇小说写于不同的年份,略作说明如下:

目录中所列的最后四篇约写于1992年至1995年之间。其中《青青》于1997年发表于杭州的《西湖》杂志第1期,

《南方遗事》也在差不多的年份发表于余杭作协的内刊《藕花洲》杂志上，因杂志遗失，具体哪一年现已不可确定。这四篇小说我曾用网名上传到某原创文学网站，同时上传的还有我的一些练笔之作，以及数年间我用不同的笔名给几家杂志撰写的小故事，所有这些上传网站的文章中，除了这四篇，其他的文章后来我都羞于面对，万幸该网站一再改版，如今这些文章都已搜索不到了。

从《沈美菊》到《阿荷的幸福时光》这五篇，完稿于2017年到2018年之间，其中《沈美菊》一文曾获得"文学与人"第九届华语原创文学大赛入围奖。这五篇小说中所涉的主要事件，大都发生在20世纪70年代到90年代之间，这些材料我原本打算写一部长篇小说，名字也想好了，叫《九号墙门》，后来在初稿写作中遭遇了结构方面的难题，我因此改变了原来的计划，将之拆分成几个短篇。我看陆灏的《东写西读》中写到卡夫卡的故事，里面有这样一段：

等他们走了一圈又转回来时，从挂着"赫曼·卡夫卡"招牌的店里走出一位高大的男人，声音宏亮地说："法兰兹，回家啦，外面空气潮湿。"卡夫卡用一种异样的温柔声对Janouch说："那是我父亲，他在为我担心。爱经常戴着暴力的面孔。"说完就回家了。

这五个短篇均写家庭中的矛盾和冲突，我想探讨的是"爱"的不同的面孔。

后　记

　　《前妻》一篇是本书中最后完成的小说。小时候我常听大人们说起该篇小说主人公的原型，言谈中人人都觉得她傻，但她的善良和憨厚给我留下了非常深刻的印象。后来我读了辛格的小说《傻瓜吉姆佩尔》和索尔仁尼琴的小说《马特廖娜的家》，了解到文学中早有这样圣徒式的人物形象，他们在生活中被人嘲笑欺侮，却丝毫不减本性中的善良与纯真。

　　本书在写作过程中，得到了家人和师友的支持。2017年初我大病一场，多亏我先生悉心照顾，使我得以恢复良好。只是半年多的治疗过后，我再也不复从前饱满的工作状态，写作效率低下，往往一天只能写几百字。在写作这些短篇小说时，我很多次想要放弃、怀疑自己的能力，有一次在电话中，我向导师肖瑞峰教授流露出这样的情绪，当时瑞峰师很肯定地对我说："越是这样，就越要坚定。"非常感谢瑞峰师的鼓励，最终我坚持完成了这些短篇的写作，于此谨致谢忱。另外，书稿初步完成后，好友石琪琪、马俐伉俪，在一个寒冷的雨天驱车一小时到我住处，认真阅读这些小说并与我讨论小说的主题、人物和情节，提出许多具体的意见，给我很多启发，后来我根据这些意见对个别篇章进行了修改，在此一并致谢。

　　童年和青少年时期的经历，是我人生中很重要的一个组成部分，我感觉写这些小说，是给自己的交代，然后我才有可能在写作上作出更多的探索和尝试。